津 轻

Dazai Osamu

[日] 太宰治 著

廖雯雯 译

四川人民出版社

图书在版编目（CIP）数据

津轻 /（日）太宰治著；廖雯雯译. —— 成都：四
川人民出版社，2023.8
ISBN 978-7-220-13399-2

Ⅰ. ①津… Ⅱ. ①太… ②廖… Ⅲ. ①散文集—日本
—现代 Ⅳ. ①I313.65

中国国家版本馆CIP数据核字（2023）第141993号

JIN QING

津 轻

［日］太宰治 著　廖雯雯　译

责任编辑	邹　近
封面设计	李其飞
版式设计	张迪茗
责任校对	舒晓利
责任印制	周　奇

出版发行	四川人民出版社（成都市三色路238号）
网　　址	http://www.scpph.com
E-mail	scrmcbs@sina.com
新浪微博	@四川人民出版社
微信公众号	四川人民出版社
发行部业务电话	（028）86361653　86361656
防盗版举报电话	（028）86361653
照　　排	四川胜翔数码印务设计有限公司
印　　刷	四川五洲彩印有限责任公司
成品尺寸	145mm×208mm
印　　张	7.5
字　　数	132千
版　　次	2023年8月第1版
印　　次	2023年8月第1次印刷
书　　号	ISBN 978-7-220-13399-2
定　　价	48.00元

译者序

　　细究起来，《津轻》（1944年）如同充满仪式感的句号，埋伏着阴晴变幻，细微而无端，是一个人秉持此生不再的态度，历时三十五年着力画下的，属于且仅属于不擅长装腔作势的太宰治。说什么风格明丽缱绻，不，这种讨好读者的事，他做不来。

　　我想按照自己的预期，对它的前景进行某种"远胜于事实的推测"，与我深爱的弘前城诀别。

　　"我问你，到底为什么要去旅行？"
　　"因为我不开心啊。"
　　"你的不开心早就变成一种习惯了，一点都不可信。"

　　一直以来，我兴高采烈制订的计划，无论何时总会以这样一种形式，毫无例外地全盘落空。这种机缘上的不凑巧，便是我避无可避的宿命。

"你要去深浦？去做什么？"

"也没什么要紧的事，只是想去看一看。"

"是为了写书吗？"

"嗯，确实有这个想法。"我没法说出"不晓得自己什么时候会死，不如趁还活着，回来故乡四处看看"之类令对方扫兴的话。

诸如此类的文字，散布《津轻》全篇，如影随形，像"津轻富士"岩木山顶的冰凉雪云，拖着一束阴沉抑郁的小尾巴。这对意志力薄弱、听凭感情驱使、经常在短时间内承受剧烈情绪起伏的太宰治而言，完全信手拈来。倘若论及自我攻击，作品内外，鲜少有人做得比太宰治更好。身为典型的低自尊者，他不曾学会恰如其分地表达内心的好意和感情，前一刻尚且欢天喜地，下一秒忽然沮丧至极，往往还能无所顾忌、毫不保留地直捣自己性格中某些异常软弱、劣迹斑斑的成分。

他的攻击有时就是极端的检讨。

某个人怎么做，或者某个人说什么，我几乎毫不在意。那是理所当然的。我这种人根本没有在意的资格。

我甚至还会噘着嘴滔滔不绝，把话讲得颠三倒四、支离破碎，导致对方连轻蔑我都来不及，根本就只顾着心生怜悯，而这似乎也是我宿命里的悲哀之一种。

即便来到津轻最偏僻的地方，自己也依然受着哥哥们的庇护，终究无法凭借一己之力完成任何事情。

家里所有兄弟，只有你与众不同，为何独独是你这么拖泥带水、惹人厌弃、卑微低俗呢？你就不能振作精神，好好过自己的人生吗？

并且他对自己的行为动机早有醒觉，曾在《佐渡》（1941年）一文中有过辩解：

假使不那么做，就好像对谁撒了谎，十分不痛快。又好像输掉一切，十分不痛快。明知是蠢事，仍旧去做，之后沉浸在剧烈的悔恨中不可自拔。毫无用处。无论长到多少岁，总是重蹈覆辙。

没有人比他更诚实，没有人比他更谦卑。

在他放弃"挣扎"之后，世间能够承载他动荡情感的终极容器，其实是"死亡"，也唯有"死亡"。

用彼端的虚无，抗衡此岸的虚空。

所以，他在许多作品中贯彻一种绝对向下的力量，轻易使用"最后""死""诀别"这些不给自己不给对方留退路的词。他不在意共情。

从这个角度看，《津轻》仿佛他自行了断前的一场精神诀别。

诀别之路若是心有挂碍，会走得格外犹豫。《津轻》对此供认不讳。在这场诀别里，故乡旧友和津轻这片土地对他展示了出乎意料的热情与包容，这就更像落差巨大的一笔衬托，因为他回来本是为了"放下"——与故乡的长兄、早已病逝的父亲达成某种情感层面的单向和解，可视为放下；不顾一切去实现与女侍阿竹的久别重逢，可视为放下。曾经如何拿起，如今怎样放下。顺便做的一些事，不过留作临行纪念。

第二次世界大战期间，由于日本关东地区频繁遭受空袭，太宰治曾在1945年7月再次回到津轻，直至1946年11月返回东京。事实上，这段特殊的战时疏散生活与"诀别"并无关系。真正意义上的归乡与道别，他已通过代表作《津轻》的书写完成了，从今以后，他能一身轻简地"为伟大的文学而死"，对故乡也再没有什么要说。

文学作品之复杂，在于对文本的解读其实是"无解"。太宰治的小说向来解法多重，无论是非，无关好坏，这部风土记

《津轻》也一样。在序编中，太宰治提及写作《津轻》的缘起。对比此前回忆故乡的散文《五所川原》（1941年，全文收于《津轻》中）与《青森》（1941年），《津轻》的书写是一次更加透彻的离开，本不必过度阐释。

人生总是需要一处卸掉外力轻松归去的地方。

感谢我的编辑为译稿付出的心血，感谢读者与这一版《津轻》的邂逅。

廖雯雯

2019年春

[目录]

津 轻

津轻的雪

粉雪

粒雪

绵雪

水雪

硬雪

粗雪

冻雪

——摘自《东奥年鉴》①

---

① 《东奥年鉴》：由东奥日报社于1928年首次发行的地方刊物。

序 编

某年春天，我花了大约三周时间，有生以来，初次绕着本州北端的津轻半岛游历一圈。这段旅行在我三十几年的生涯中，算是相当重要的事件之一。我在津轻出生，其后二十年间又在津轻长大，只到过金木、五所川原、青森、弘前、浅虫、大鳄这几座小城，对其他村镇一无所知。

金木町是我出生的市镇，大致位于津轻平原中央，人口五六千，并无值得一提的特征，却长年弥漫着一股略显装腔作势的都会氛围。说好听些，它如水般淡泊；讲难听点，不过一座浅薄虚荣的小镇。从金木町往南而下，大约三里①之外的岩木川畔，坐落着一座名为五所川原的小城。那是这一带的物产集散地，人口也达到一万以上。如果抛开青森、弘前两座城市，这附近人口多达一万以上的市镇便没有了。说好听些，五所川原是座朝气蓬勃的城镇；讲难听点，那里十分喧嚣。毫无乡村气息，倒是都会特有的、孤独的战栗感已经隐约潜入狭窄的街区。倘若打个令我自己都哑口无言的夸张比喻，以东京为例，金木相当于小石川，五所川原则是浅草。我的姨母就住在这里。幼少时期，比起亲生母亲，我更仰慕这位姨母。事实上，

---

① 里：尺贯法长度单位，1里约为3.9公里。

我也经常去位于五所川原的姨母家玩耍。可以说，进入初中前的日子，除却五所川原、金木，我对津轻其他城镇几乎谈不上任何了解。因此不久之后，当我前往青森的初中参加入学考试，虽说仅是一段长达三四小时的旅途，在我眼里却堪称隆重的旅行。我曾将那时体味到的欢欣雀跃稍作润色，写进小说，那些描写不一定与事实吻合，充满某种悲哀的滑稽意味，却也大致能表达我当时的感受。小说里写道：

从村里的小学毕业，少年坐上摇摇晃晃的马车，之后换乘火车，来到距离故乡十里之遥的县厅所在地的小城，参加初中入学考试。那时，少年所着的服装古怪得惹人同情。那件衣裳散发出无人察觉的寂寥与落寞，凝聚着年复一年的奇思妙想。他似乎格外中意一件白色的法兰绒衬衫，那时果然也将它穿在里面。而且，这回的衬衫配有大大的衣领，犹如蝴蝶的翅膀。他将衬衫衣领扯出来，外翻盖住和服衣襟，就像夏天穿开襟衬衫时，将衬衫领子外翻以便盖住西装上衣的衣襟那样。一眼看去，如同小孩脖子下的围兜。可是，当时的少年既悲伤又紧张，这副装束在他看来或许与贵公子没什么两样。他下身穿一条久留米①碎白花纹兼白色条纹的日式袴②，款式较短，搭配长袜和闪闪发光的黑色高筒靴，披着斗篷。少年的父亲已经过世，母亲体弱多病，因此日常生活皆由温柔体贴的嫂嫂照料。少年伶俐地央求嫂嫂为自己改大衬衫衣领，遭到嫂嫂的笑话，他确确实实动了怒，委屈得潸然泪下，因为没有人理解少年的美学。"潇洒"与"典雅"，两个词概括了少年的全部美学思想。不不，它们甚至道尽他的整个人生，以及生存于世的一切目的。他刻意没有扣上斗篷扣子，就那么危险地披着它，而它看上去似乎快从他瘦小的肩膀滑落，他却坚信那是某种雅致的时髦。真不知是从哪里学来的。或许这是他追逐时髦的本能，即便没有模本，也会从自己的思考中得来。这几乎是有生以来，少年第一次踏入真正的都会，那身装扮对他而言也是无与伦比的隆重。由于太过兴奋，以至于他刚刚抵达本州北端的小城，便连说话方式也像完全变了一个人，用上了早前从少年杂志里学来的东京腔。然而当他在旅馆安顿好，听到那些女侍的交谈，发现当地人讲的果然还是同故乡一模一样的津轻方言，不禁有些沮丧。故乡与这座小城，不过相距十里罢了。

---

① 久留米：位于日本福冈县，以生产绀色碎白花纹的棉布"久留米絣"而闻名。

② 袴：日本传统服饰，一种宽松裙裤。

小说里提到的海边小城，便是青森市。大概三百二十年前，宽永元年①，外滨的町奉行②着手经营此地，意欲将它打造成津轻第一的海港。据说那时的青森市已拥有数千户人家。后来，这里又与近江、越前、越后、加贺、能登、若狭③等地展开频繁的船运往来，渐渐繁荣，成为外滨最热闹富裕的良港。明治四年④，根据政府颁布的废藩置县令，青森县随之诞生，青森市进而成为县厅所在地，守卫着本州最北部的门户，而往来于青森市与北海道函馆之间的铁道渡轮更是无人不知无人不晓。如今，青森市的户数达到两万以上，人口似乎超过十万。在旅客眼中，这座小城给他们的感觉并不十分友好。由于接连遭逢火事，此处的屋舍变得破败不堪，虽说也是没有办法，但旅客来到这里，根本分不清哪里是市中心。被煤烟熏成奇怪颜色的屋子面无表情地沿街而立，完全不打算对任何人打招呼，于是，旅客只好怀着坐立难安的心情，行色匆匆地离开。不过，我倒是在这样的青森市住了四年。而且，即便将这四年放进我的整个一生来看，也是相当重要的时期。我曾在初期的短篇小

---

　　① 宽永元年：1624年。宽永是日本年号，用于1624年至1645年间。

　　② 町奉行：江户幕府时代的官职，掌管町内行政、司法、警察、消防等职务。

　　③ 均为日本旧国名，近江位于今滋贺县境内，越前位于今福井县中北部，越后位于今新潟县境内，加贺位于今石川县南部，能登位于今石川县北部能登半岛，若狭位于今福井县西南部。

　　④ 明治四年：1871年。明治是日本年号，用于1868年至1912年间。

说《回忆》①中，详细描绘过那段时光：

　　尽管成绩不够理想，那年春天，我依然顺利考入初中。我穿着新做的日式裤，脚上套着黑袜与高筒靴，舍弃了此前的毛毯，披上毛呢斗篷，像个时髦的城里人，连扣子也没有系，便出发前往那座海边小城。然后，我在远亲开设的吴服②店里解下行装，住进入口处挂着破旧暖帘的家，并且住了很长时间。

　　我的性情很容易得意忘形，入学后，连去公共澡堂都要戴学校的制服帽，规规矩矩穿着日式裤。当自己的身影映现在街边窗玻璃上时，我甚至会笑着向自己的影子轻轻点头致意。

　　即便如此，我在学校也感受不到丝毫乐趣。校舍位于市区边上，外墙刷着白漆，后面不远处有个面朝海峡的宽阔公园。上课时，能够听见海浪与松叶的喧嚣之音。走廊宽敞，教室的天花板挑得高高的，一切都令我感觉舒适，唯独学校老师对我时有虐待。

　　举行入学仪式那天，我被某位体操老师揍了一顿。他说我狂妄自大。这个老师在入学考试时恰好担任我的面试官，曾用同情的语气对我说："自从父亲过世，你也没法认真念书

---

① 小说题名《思ひ出》，收录于作者1936年出版的处女作品集《晚年》。
② 吴服：和服衣料的总称，尤指丝绸等织品。

吧。"我感到难为情，不由得垂下头，正因为这个人的这些话，我的内心遭受了巨大创伤。其后不久，我被多个老师殴打。他们借由各种理由体罚我，比如嬉皮笑脸、乱打哈欠，还说上课时我哈欠声之大，早已为办公室老师所公认。我感到莫名其妙，这些人竟然在办公室讨论如此愚蠢的事。

某天，有位和我来自同一个小镇的学生把我叫去学校的山丘后，忠告我说："你的态度看上去实在狂妄，要是再继续挨揍，肯定会留级。"我目瞪口呆。那天放学后，我独自沿着海岸匆匆回家。海浪漫过鞋底，我一边叹息一边往前走，用西服袖子擦拭额上的汗水。一片大得惊人的鼠灰色船帆，摇摇晃晃地从眼前漂过。

这所初中如今仍旧位于青森市东部，与从前相比没什么改变。那座宽阔的公园是合浦公园。它紧挨着初中校舍，可说是学校后庭。除了冬季暴雪天气，每日上下学我直接从公园穿过，沿海岸步行。这便是所谓的近路了，只是很少有别的学生利用它。在我眼中，这条近路空气格外清新，尤其适合在初夏清晨走过。此外，一直负责照料我日常生活的吴服店，便是位于寺町的丰田家。他家是青森市首屈一指的老铺，传承将近二十代。家主在几年前过世，这位父亲大人生前视我如己出，甚至待我比待亲生儿子更好。终其一生我不会忘记他。最近两三年来，我回过青森两三趟，每次必定去父亲大人的墓前祭拜，而后也必定照习惯留宿丰田家。

　　升上初三后，春天的某日清晨，我倚在上学途中必经的朱红木桥圆栏杆上，好一会儿怔怔盯着周遭。桥下有条宽广如东京隅田川的河，水流潺湲。此前我从未有过愣怔的体验。总感觉有人从背后打量我，于是长久摆出某种刻意的姿态。我的每个细微动作都由那人从旁解读，比如他会说我困惑地观察着手掌，我挠着耳朵喃喃自语……对我而言，根本不可能出现"忽然之间"或是"不知不觉"的动作。从桥上回过神，我很快为落寞感到雀跃。在这种心情的支配下，我照常思考自己的往昔与将来。迈着咔嗒咔嗒的步子，我过了桥，记起许多事，并且再次做梦。然后我叹口气，默默在心里想：我能成为了不起的人吗？

　　（中略）

　　无论如何，你必须比别人优秀。怀着这种自我威胁般的想法，我确实用功念书了。自从升上三年级，我的成绩始终保持在班上第一名，虽说要做到这点并且不被讥讽为书呆子很困难，可我非但没有遭受讥讽，甚至掌握了与同学和睦相处的诀窍。连一个绰号叫"章鱼"的柔道部主将都对我服服帖帖。有时我指着放在教室角落的纸屑罐子说，章鱼，还不快钻进罐子里。章鱼便笑着把头埋进去。他的笑声在罐子里发出异样回响。班上的美少年们也都愿意与我亲近。我曾在满脸青春痘上星星点点地贴着剪成三角形、六角形、花瓣形的创可贴，为此居然无人嘲笑。

这些青春痘令我大伤脑筋。它们一天多过一天，每日清晨，我睁开眼睛的第一件事，便是以手抚脸，确认青春痘的数量。虽然买过各种各样的药膏，但是涂上后不见任何效果。每次去药店买药，我必定把药名写在纸条上询问店员，假装受人之托。我将青春痘理解为情欲的象征，顿觉前景一片黯淡，丢脸至极，甚至想过以死了断。对于我这张脸，便是家人也嫌弃不已。家中年纪最长的已嫁作人妇的姐姐还说，将来是不会有姑娘愿意嫁给阿治的。闻言，我只好更加勤快地涂抹药膏。

弟弟①也很担心我脸上的青春痘，数次替我去药店买药。我从小同弟弟感情不和，在他临近中考的时期，我暗暗祈求他落榜，直至见他和我一样离开故乡，才渐渐体味弟弟性格的良善之处。弟弟长大后，变得沉默寡言，内向安静。他时常向我们的同人杂志投来小品文，文风柔弱，每篇如此。在学校，与我的成绩相比，他总是略逊一筹，为此十分苦恼。我要是好言宽慰，他一定满心不悦。另外，他非常忌讳额上的发际线，觉

---

① 指弟弟津岛礼治，家中第七子，十八岁时患败血症病逝。

得它状似富士山，让自己看起来像个姑娘，并深信他是因为额头太窄才导致脑袋不灵光。唯有面对这个弟弟，我愿意包容他的一切。那时我对待他人的态度是要么不露声色，要么坦诚相待，没有折中路可走。因此，我和弟弟无话不谈。

　　初秋的某天夜里，看不见月亮，我们来到港口的栈桥，站在从海峡彼端吹来的凉风里，聊着关于红色丝线的话题。曾几何时，学校的国文老师在课堂上给大家讲过这样的故事：我们右脚小指上系着一条无形的红色丝线，它的一端长长伸向远方，一定系在某个女孩的同一根脚趾上。无论两人相隔多么遥远，丝线都不会切断；无论彼此距离多么靠近，即便迎面相逢，丝线也不会纠缠，那个女孩是我们终将迎娶的新娘。当我第一次听说这个故事，心里欢喜非常，回到家立刻讲给弟弟听。那个秋天的夜晚，我们侧耳倾听着涛声与海鸥的鸣叫，再次说起这个故事。我对弟弟说："不晓得你的妻子此时在做什么。"弟弟两手握住栈桥栏杆，用力摇晃两三下，害羞地说："她正在庭院里散步。"我想象着那般光景，少女脚踩在庭院穿的大木屐，轻摇团扇，眺望院子里的月见草，模样与弟弟真是般配。轮到我描绘自己未来的妻子。我把视线投向漆黑的大海，刚说了一句"她系着红色腰带"，便有些语塞。穿越海峡而来的渡轮犹如巨大旅舍，一间间船室点亮昏黄的灯光，悠悠地浮现在水平线上。

两三年后，弟弟便死去了。当年，我们很喜欢来这座栈桥。冬季落雪的夜里，我也会同弟弟一道撑伞前来。雪花寂静地飘落在港口深不可测的大海上。真美，真好。最近的青森港船舶拥堵，这座栈桥周围也填满船只，没有景色可言。那条宽广如隅田川的河流，便是流经青森市东部的堤川。它在前方不远处汇入青森湾。我所提及的河川，不过是它注入大海前的一段，流速已经变得相当缓慢，甚至奇妙地踟蹰不前，仿佛逆流。我眺望着缓慢流淌的河川，怅然若失。打个令人厌恶的比方，我的青春恰如流入大海前的这段河川。因此在青森居住的四年，堪称我一生中难以忘怀的光阴。关于青森的记忆，大抵便是这些。距离青森市以东三里左右的浅虫，是一座海岸温泉乡，那片土地同样令人难忘。我在小说《回忆》中也对它有过一段描述：

　　秋天到了，我同弟弟从那座小城出发，搭乘约三十分钟的火车，便可抵达海岸温泉乡。母亲和大病初愈的姐姐在那里租下一所房子，用温泉疗养身体。我也长期留宿，准备升学考试。因为背负秀才的名誉，我无论如何必须在初中四年级考入高等学校。那时起我开始厌恶上学，这种情绪后来越发严重。然而，即便像被无形之物逼迫，我也一心一意念书。我从那里搭乘火车去学校。每逢星期日，朋友们来找我。我必然同大家一块儿外出野餐。我们在海岸平坦的岩石上用锅煮肉，喝葡萄酒。弟弟嗓音悦耳，会唱许多新式歌谣，我们通常让弟弟教几次，然后齐声合唱。玩累了在岩石上倒头就睡，醒来时大海涨潮，原本与陆地相连的岩石，不知何时变成离岛，我们以为自己仍在梦境。

写到这里，我真想戏谑一句，我的青春终于快要注入大海。浅虫这片海域水质清冽，旅馆却不见得多舒适。当然，东北渔村的情趣正是孤寒寂寥，对此不应报以苛责，所以大约唯有我一人感受到这处温泉乡的奇妙傲慢。它如同坐井观天的青蛙，让人哑口无言。又因为是自己故乡的温泉，所以我敢无所顾忌地说它坏话。不知为什么，那里就是令人感到乡下独有的圆滑世故和奇异不安。我最近并未留宿这处温泉乡，希望住宿费不要贵得离谱。当然这话有些言过其实。毕竟我很久未曾住宿，只是搭乘火车，透过窗玻璃远远望了望温泉乡的人家，上述看法仅仅出自我这个贫穷艺术家的微弱直觉，并无事实依据，我也不想把这份直觉强加给读者。或许，读者还是别相信我的直觉为好。如今的浅虫想必已重振旗鼓，变成一座朴素谦逊的疗养小镇。有时，我脑海里禁不住掠过一道疑惑的声音：那些来自青森市的血气方刚的风流旅客，在某段时期做了奇怪的吹捧，使这座孤寒的温泉乡声名在外，甚至自己当起旅馆老板娘，妄想热海、汤河原的温泉旅馆也不过如此，身在茅草屋却沉醉于浅薄的幻影。这些疑惑无非牢骚之言，事实上像我这种性情扭曲、置身旅途的贫穷文人，最近时常搭乘火车经过布满回忆的温泉乡，反倒不愿下车了。

大约在津轻，最有名的要数浅虫温泉，其次是大鳄温泉。大鳄位于津轻南端，贴近青森与秋田的两县交界处。相比温泉，那里的滑雪场在日本更加闻名遐迩。大鳄是一处山麓温泉，依旧隐约残留着津轻藩的历史韵味。我的亲人们从前时常到当地泡泉疗养。少年时代我也屡次前来游玩，印象不如在浅虫时鲜明。可是，浅虫的烙印虽然深刻，却不见得愉快，相比之下大鳄的回忆朦胧婉约并令人怀念。难道这是因为浅虫面海而大鳄依山？我已差不多二十年未曾造访大鳄温泉，如今再见，不知它会否像浅虫那样，带给我都会残杯冷炙般的宿醉感。于我而言，那是无法舍弃的感受。这里与东京的交通往来不如浅虫便利，不过恰好也是我所期盼的。另外，离温泉乡不远有个叫碇关的地方，是旧藩时代津轻与秋田之间的关卡，因此这一带历史古迹特别多，想必根深蒂固地保留着往昔津轻人的生活习俗，不会轻易遭受都会时尚风气的侵袭。再有，从这里往北行，位于三里开外的弘前城寄托着我最后的希望。至今城中的天守阁①依旧保存完好，年年岁岁，阳春时节，在烂漫的樱花树影间向世人展示自己美好的身姿。我执拗地相信，只要这座弘前城还在，大鳄温泉就不可能沾染都会的残酒而酩酊烂醉。

弘前城。这里曾是津轻藩历史的中心之地。津轻藩祖大浦为信②曾在关原合战中加入德川军。庆长八年③，天皇下诏封德川家康为征夷大将军，大浦为信同时成为德川幕府中赐领俸禄四万七千石的一方大名。很快，他在弘前高冈规划修筑城池，直至第二代藩主津轻信牧④时期终于竣工，也便有了这座弘前城。自那时起，历代藩主皆以弘前城为势力据点，到第四代藩主信政⑤时期，将同族的信英⑥迁至黑石分家，藩地分为弘前、黑石二藩，共同治理津轻。信政被后世奉为"元禄七名君"中

---

① 天守阁：日本战国时期修建的城楼，是城堡的中心建筑，有瞭望塔的作用，也是城主的居住之地。

② 大浦为信：即津轻为信（1550—1608），日本安土桃山时代武将、江户时代初期大名，本名大浦为信，陆奥国弘前藩初代藩主。

③ 庆长八年：1603年。庆长是日本年号，用于1596年至1615年间。

④ 津轻信牧（1586—1631）：江户时代初期大名，弘前藩第二代藩主，津轻为信第三子。

⑤ 津轻信政（1646—1710），江户时代前期至中期大名，第三代藩主津轻信义长子，弘前藩第四代藩主，被誉为"中兴英主"。

⑥ 信英，即津轻信英（1620—1662），江户时代前期武士，陆奥黑石领初代当主，津轻信牧次子。

的巨擘，他所施行的善政大大改变了津轻，令其焕然一新。可是到第七代藩主信宁①的时代，适逢宝历②及天明③年间的大饥荒，导致津轻一带沦为凄惨的人间地狱，藩府的财政税收陷入前所未有的穷乏窘境，前景黯淡。第八代藩主信明④、第九代藩主宁亲⑤力挽狂澜，拼死挽救藩府势力，到第十一代藩主顺承⑥的时代，终于摆脱危机。紧接着来到第十二代藩主承昭⑦的时代，顺利施行藩籍奉还⑧，由此诞生现在的青森县。这段来龙去脉既是弘前城的历史，也是津轻历史的轮廓。关于津轻的历史，我准备在后文详细说明，现在我想描述些许自己对弘前的回忆，连缀而为《津轻》这部作品的序编：

---

① 信宁，即津轻信宁（1739—1784），江户时代中期大名，弘前藩第七代藩主，津轻信著长子。

② 宝历：日本年号，用于1751年至1764年间。

③ 天明：日本年号，用于1781年至1789年间。

④ 信明，即津轻信明（1762—1791），江户时代中期至后期大名，弘前藩第八代藩主，津轻信宁长子。

⑤ 宁亲，即津轻宁亲（1765—1833），江户时代后期大名，弘前藩第九代藩主，黑石津轻家津轻著高长子，后过继为第八代藩主津轻信明的养子。

⑥ 顺承，即津轻顺承（1800—1865），江户时代后期大名，弘前藩第十一代藩主，三河吉田藩主松平信明之子。

⑦ 承昭，即津轻承昭（1840—1916），江户时代末期大名、大正时代伯爵。熊本藩主细川齐护第四子，弘前藩第十二代藩主，其妻为弘前藩第十一代藩主津轻顺承的四女常姬。

⑧ 藩籍奉还：指藩主向天皇交还藩内领土和辖内臣民的户籍。

我曾在弘前城的城下町生活过三年。虽说是在弘前高等学校的文科度过的三年，但那段时期，我绝大部分精力都被义太夫①占据。这着实是门新奇的技艺。放学回家途中，我总会顺路绕去精通义太夫的女师傅家。记得最初我学习的是《朝颜日记》，至于具体内容，如今已忘得一干二净。当时还记诵过一整套《野崎村》《壶坂》《纸治》等人形净琉璃②的曲目。为什么我会学习这种与身份毫不相符的奇怪技艺呢？我不打算将全部责任推给这座弘前市，不过我想，弘前市多少还得承担部分责任。因为这是甚为流行义太夫的城市，这门技艺在这里拥有不可思议的人气。市内剧场经常举办义太夫同好发表会。我也到现场欣赏过一次，城里的老爷先生们规规矩矩地穿上整套和服正装，严肃认真地吟唱义太夫。尽管技艺谈不上高妙，却无丝毫矫揉造作的姿态，人人俱是模样真诚地念诵，一丝不苟地吟唱。自古以来，青森市便有不少风流雅士。有人练习端呗③，是为博得艺伎的称赞"小哥唱得真不错呢"，有人精打细算，将风雅一面用作政治或商业场上的武器。在弘前市，处处可见一些可怜的老爷先生们挥汗如雨地学习没什么益处的技艺。换

---

　　① 义太夫：又称义太夫节，日本古典音乐净琉璃的流派之一，是用三味线伴奏的说唱曲艺，创始人为竹本义太夫。

　　② 人形净琉璃：人形即木偶；净琉璃是以三味线伴奏的说唱曲艺。

　　③ 端呗：用三味线伴奏的通俗小调。

句话说，弘前这座小城依然存在一些真正的傻瓜。古书《永庆军记》中如此记载："奥羽两州人心愚昧，不知顺服于威强者，只知其为先祖宿敌，抑或卑贱之人，仅依一时武运，夸耀威势，拒不屈从。"弘前人就是这样，总有一股真正的愚者气魄，即使节节败退，也不懂向强者鞠躬行礼，不惜固守孤高自矜，沦为世人笑柄。我在这里生活了三年，耳濡目染下，萌生强烈的怀古之情，变成痴迷于义太夫的举止浪漫的男人。下面的文章，摘自从前写的小说里的一节，毫无疑问我在虚构的内容中保留了逗趣要素，然而不得不苦笑着承认，就整体氛围来说，它与我当年的实际生活差别不大：

在咖啡馆喝葡萄酒的时光并不坏，其后不久，更漫不经心地随艺伎一道出入割烹店①吃饭。对此，少年并未感觉有何不妥。他相信这种风雅又带着黑道气息的行为举止是最高尚的趣味。在城下町古旧宁静的割烹店里吃过两三次饭，少年热衷打扮的本能再次苏醒，这一回，它变得格外夸张。看完歌舞伎剧目《神明惠和合取组》后，他很想穿上江户时代建筑工人的服饰，大模大样地盘腿坐在割烹店那铺着榻榻米的客室里，面对后庭的景致，高声说，哟，这位姐姐真美呀。他欣欣雀跃地着手准备衣服。很快

---

① 割烹店：提供传统日式料理的高级餐馆。

入手一件绀色围裙。他把一只款式复古的钱包塞进围裙前面的口袋，两手揣在怀里走路，像个十足的流氓。他也买了角带，就是那种系紧时会发出声响的博多产腰带。他还跑去吴服屋定做了一件唐栈①的单衣，结果那件衣服的风格非常奇怪，说不清像建筑工的，还是赌徒的，抑或是商铺奉公②的。总之，只要它像戏剧中的角色才会穿的衣服，少年就心满意足了。初夏时节，少年赤足踩着麻里草鞋，这也罢了，他竟再次突发奇想，想要一条细筒贴腿裤，而且是戏剧里建筑工穿的绀色棉质贴身长裤。记得那时演员啐了一句："你这个小丑！"说完撩起衣摆，干脆利落地挽到臀后。演员身上的绀色贴腿裤给少年留下难以磨灭的印象。眼下自己只有一条短裤，这可不行。为了买到那种贴腿裤，少年从城下町的一端走到另一端，可是一无所获。吴服屋、布袜店，每家店铺他都走进去打听，并且努力说明："那个……你看，就是泥瓦匠穿的那种绀色贴身长裤，店里没在卖吗？"店员一边笑着一边摇头道："不太清楚呢，那种裤子现在……"天气炎热，少年汗流浃背地四处搜寻，终于某家店铺的主人告诉他一个好消息："我家虽然没有卖，不过拐进巷子可以瞧见一家卖消防用品的专门店，你上那儿问问吧，说不定他家有。"江户时代的建筑

---

① 唐栈：由印度南部传入日本的高价条纹棉布。

② 奉公：为主家帮佣的同时，跟随主家学习经商之道或技艺的用人。

工人兼做灭火工作，用现在的话说便是消防人员。原来如此，难怪啊。少年精神振奋，依言往巷子那头的店铺飞奔而去。店里陈列着大小不一的消防水泵，也有消防队旗。不知为何，少年忽然有些心虚，依旧鼓足勇气说："请问有贴腿裤卖吗？"店员立即回答有，拿过来的正是绀色贴腿棉裤，不过裤腿外侧显眼地绣着两道红色粗边条纹，那是消防的标志。少年到底没有勇气穿上这样的裤子外出，只好落寞地放下贴腿裤，无奈地离开。

即便在盛产傻瓜的地方，如此愚蠢的家伙大约也属罕见。写到这里，连作者自己都变得有些郁闷。不知刚才我是否提过，那条少年与艺伎一道吃饭的割烹店所在的花街，叫作榎小路。可毕竟是近二十年前的往事，关于它的记忆逐渐淡薄，我只记得那条榎小路大约位于宫坂下方。另外，少年大汗淋漓挨家挨户求购绀色贴腿裤的地方叫作土手町，是城下町最繁华的商店街。与之相比，青森那条名为滨町的花街显得毫无个性。而堪比弘前土手町的青森的商店街，被称为大町。我觉得它也无甚特色。这里顺便将弘前的街道名与青森的街道名罗列出来，或许两座小城的性格差异就显而易见了。弘前市的街道名为：本町、在府町、土手町、住吉町、桶屋町、铜屋町、茶畑町、代官町、萱町、百石町、上鞘师町、下鞘师町、铁砲町、若党町、小人町、鹰匠町、五十石町、绀屋町。对照来看，青森市的街道名如下：滨町、新滨町、大町、米町、新町、柳町、寺町、堤町、盐町、蚬贝町、新蚬贝町、浦町、浪打、荣町。

不过，我绝不由此认为弘前是上等城市，青森是下等城市。诸如鹰匠町、绀屋町一类街名古朴之地，不只弘前有，日本别的城下町一定也有。当然，弘前市的岩木山的确比青森市的八甲田山风光秀丽。不过，津轻出身的小说名家葛西善藏①氏也曾教导同乡晚辈："你们不可妄自尊大。岩木山之所以景色壮丽，是因为周围没有高山。你们去他县走走便知，如岩木山一般的高山随处可见。只因四周没有与它匹敌的高山，你们才感觉岩木山的风景难能可贵。万不可因此沾沾自喜。"

放眼日本全国，历史悠久的城下町简直数不胜数。为什么生活在弘前这座城下町的人，会执拗地为自己的封建性感到自豪呢？无须赘言，与九州、西国、大和等地相比，津轻一带几乎全是新开发的地区，哪会拥有值得向全国夸耀的历史？近到明治维新时代，这个津轻藩出过哪些勤皇志士吗？藩府的态度又是如何？露骨地讲，无非是跟在其他藩身后亦步亦趋、自图进退罢了。它真的具备值得夸赞的传统吗？然而，不管对

---

① 葛西善藏（1887—1928）：日本小说家，出生于青森县弘前市。代表作有《父亲的葬礼》《坏孩子》《柯树叶》等。

待何事何物，弘前人总是顽固地耸耸肩。无论面对怎样强悍的势力，他们都相信对方是一介卑贱之人，凭借一时武运，夸耀威势，因此拒不屈从。我听说，出生于此地的陆军大将一户兵卫[①]，归乡省亲时必定身着和服与哔叽布料日式裤。他非常明白，倘若身穿军服回乡，家乡父老必定吹眉瞪眼地说，他算什么东西，不过仰仗一时的运道而已。因此，每逢回到故乡，他通常明智地换回和服与哔叽布料日式裤。这则传闻不一定全部属实，却未必毫无依据。弘前城下町的居民就是具备莫名其妙的凛冽"反骨"。事实上，我也有那样一副难以应付的硬骨头。或许不能将所有责任归咎于此，总之托它的福，至今我依旧没能挣脱简陋大杂院的生活。数年以前，我曾接到某家杂志社的约稿，主题为"故乡赠言"，而我给出的答复是：

"我热爱这个地方，也憎恨这个地方。"

我已说了不少弘前的坏话，这不是出于对弘前的憎恨，而是出于作者自身的反省。我是津轻人。我的先祖世代皆为津轻百姓。即是说，我身上流着纯粹的津轻之血，因此我可以这般无所顾忌，对津轻恶言相向。倘若他县的人听信我的这些胡说八道，并对津轻态度轻蔑，我果然还是会感到不快。不管怎么

---

① 一户兵卫（1855—1931）：日本陆军大将，出生于青森县，曾参与西南战争、日俄战争等，后出任陆军三长官之一的教育总监。

说，我毕竟深爱着津轻。

弘前市，如今户数一万，人口五万余。弘前城与最胜院的五重塔已被指定为国宝。据说田山花袋^①曾毫不含糊地称赞，樱花盛放时节的弘前公园拥有日本第一的景致。弘前师团的司令部便设在此处。每年农历七月二十八日到八月一日，会举行为期三日的拜山庆典。其时会有数万人前往津轻灵山岩木山的山顶奥宫进行参拜。往返时，众人一边跳舞一边穿过这座城市。整个城区热闹非凡。这些信息在一般旅行指南上很容易读到。然而在我眼中，倘若仅用它们介绍说明弘前，怎么也没法令人信服。因此，我尝试因循年少时代的琐碎记忆，希望栩栩如生地记录弘前的些许面影，可我发现，一切回忆均不足为外人言，我怎样都写不好它，最终说出许多意料之外的坏话，看来作者已经走投无路了。这恰是因为我无比钟爱这座旧津轻藩的城下町。这里本该是我们津轻人最终的精神皈依，然而按照我迄今为止的描述，这座城下町的性格尚且暧昧而模糊。樱花树影间的天守阁，并非弘前城所独有。日本全国的城楼几乎都有樱花掩映，不是吗？不能因为边上有座樱花烂漫的天守阁，便认为大鳄温泉得以保留津轻的气息，对吧？如前文所述，我

---

① 田山花袋（1871—1930）：日本小说家，师事著名小说家尾崎红叶，与岛崎藤村并称自然主义文学的代表作家，代表作有《棉被》《南船北马》《东京三十年》等。

满心得意，愚蠢地写下"只要这座弘前城还在，大鳄温泉就不可能沾染都会的残酒而酩酊烂醉"的句子，仔细想来，再三推敲，无非是作者用华丽辞藻装点他自由散漫的感伤。从头至尾没有一处靠谱，只会让人疑窦丛生。都怪这座城下町本就太散漫。昔日藩主的城楼世代坐落于此，却让县厅为别的新兴城市所夺。我甚至认为，既然日本全国大部分县厅所在地都是旧藩城下町，那么青森县的县厅不是弘前市而是青森市这一点，简直是青森县的不幸。我这么说，绝非因为厌恶青森市。对于新兴城市的繁荣，我是乐见其成的。只是，弘前市分明败给了青森市，却依然做出玩世不恭的模样，让我十分生气。想为输掉的一方加油打气，是人之常情。我想方设法地偏袒弘前市，写下如此拙劣的文章，挖空心思大肆描绘，终究没能将弘前市的决定性优点、弘前城独有的美好展示出来。我再说一次，弘前是津轻人最终的精神皈依。这里一定具备某种无可取代的价值，具备寻遍日本全国也找不到的特有精彩传统。对此我有明确的感知，却无法说清那是什么，也无法向读者清晰描述它的形态，感觉懊恼万分，焦躁不已。

记得某年春天的黄昏，还在弘前高等学校念文科的我独自造访弘前城。站在城前广场的一隅，我眺望着岩木山，忽觉城镇静悄悄地在脚下铺开一地，恍如梦境，不由得心里一惊。此前我始终以为，这座弘前城不过孤零零地耸立在弘前街市的边缘。然而你看，紧挨着城楼下方的便是我从未目睹过的古雅城镇，小小的屋舍鳞次栉比，屏息凝神地蜷缩着，数百年来一如往昔。啊啊，原来这样的地方也会有城镇。年少的我深深叹息，如在梦中。这就好像《万叶集》①中经常出现的"隐沼"②一词给人的感觉。不知为何，那时我似乎理解了弘前，理解了津轻。只要这座城下町还在，弘前就不会变成平庸的地方。话虽如此，或许这又是我自以为是的见解。读者根本一头雾水。至今我仍旧固执地认为，只因弘前城持有这片隐沼，才成就了它的稀世名城之誉。隐沼池畔，繁花万点，雪壁无瑕的天守无言耸立，这样的一座城，必定会是天下名城。它附近的温泉，将永远保有淳朴的风气。用最近的流行语来形容：我想按照自己的预期，对它的前景进行某种"远胜于事实的推测"，与我深爱的弘前城诀别。

想一想，要谈论故乡的本质何其困难，那种难度不亚于讲述自己至亲的故事。对于它，我不知道应该褒扬抑或贬低。在这部《津轻》的序编中，关于金木、五所川原、青森、弘前、浅虫、大鳄，我都铺陈了年少的记忆，此外，还不知天高地厚地连缀出具有亵渎意味的评语，可我对六座城镇的描述，究

---

① 《万叶集》：日本最早的和歌总集，成书于奈良时代末（8世纪），共二十卷，收入和歌约四千五百首。

② 隐沼：水面长满浮萍、青草等植被的沼泽。

竟有几分确凿？这样想想，心情不可避免变得郁郁寡欢。也许我吐露的只是罪该万死的狂言。在我过往的经历里，这六座城镇与我最为亲近，造就了我的性情，决定了我的宿命，反过来看，也成为我回顾它们时的盲点。此刻我无比自觉地意识到，要讲述这些城镇，自己并非最适当的人选。其后的本编，我会竭力避免谈论它们。我将另外讲一讲津轻的其他小镇。

我在序编开头写道："某年春天，我花了大约三周时间，有生以来，初次绕着本州北端的津轻半岛游历一圈。"接下来，我即将踏上归途。借由这趟旅行，我头一次见识了津轻的其他村镇。在此之前，除去六座城镇，我真的未曾到过其他地方。念小学时，我因远足郊游之类的活动，到过金木附近的几座村落，如今回想起来，它们并未给我留下浓墨重彩的记忆。即便初中暑假回到金木老家，我也总是躺在二楼西式房间的长椅上，一边大口灌着苏打水，一边随意翻阅兄长们的藏书，从不外出旅行。念高等学校时，每逢假日必定去东京找我最小的兄长①（这位兄长学习雕刻，二十七岁过世）玩，毕业后很快到东京念大学，此后十年，再未回过故乡。所以，这趟津轻旅行对我来说确然是桩重要的大事。

我想竭力避免摆出专家架势，对旅行的所见所闻，如村

----

① 指三哥津岛圭治。

镇地势、地质、天文、财政、沿革、教育、卫生等提出种种见解。即便我谈及这些部分，也无非临阵磨枪、徒有其表。要想深入了解当地风土人情，不妨请教对相关民俗颇有研究的专家。我所擅长的科目另在他处。世人姑且将之称为"爱"。这是一门研究人心与人心碰撞交流的学科。本次旅行，我主要钻研的也是这一命题。不论从哪个部分追溯，我想，只要最终将津轻眼下的生活情态如实传达给读者，作为昭和①时期的津轻风土记，它便已合格，不是吗？啊，若能如愿以偿，便再好不过了。

---

① 昭和：日本年号，用于1926年至1989年间。

本　编

一　巡礼

"我问你，到底为什么要去旅行？"

"因为我不开心啊。"

"你的不开心早就变成一种习惯了，一点都不可信。"

"正冈子规①三十六、尾崎红叶②三十七、斋藤绿雨③三十八、国木田独步④三十八、长冢节⑤三十七、芥川龙之介⑥三十六、嘉村礒多⑦三十七。"

"这是什么？"

----

① 正冈子规（1867—1902）：日本歌人、俳句诗人，创办"根岸派短歌会"，代表作有《花枕》《曼珠沙华》等。

② 尾崎红叶（1867—1903）：日本近代著名小说家、散文家、俳句诗人，代表作有《金色夜叉》等。

③ 斋藤绿雨（1867—1904）：日本小说家、评论家、散文家，代表作有《捉迷藏》《油地狱》等。

④ 国木田独步（1871—1908）：本名国木田哲夫，日本小说家、诗人，日本自然主义文学的先驱，代表作有《牛肉和马铃薯》《源老头》《武藏野》等。

⑤ 长冢节（1879—1915）：日本诗人、小说家，师事正冈子规，代表作有《松果集》《西游歌》等。

⑥ 芥川龙之介（1892—1927）：日本小说家，代表作有《罗生门》《地狱变》《傀儡师》等。

⑦ 嘉村礒多（1897—1933）：日本小说家，师事葛西善藏，代表作有《业苦》《崖下》《神前结婚》等。

"是那些家伙死掉时的岁数啊。他们就这么一个接一个地死了。我也差不多到他们的岁数了。对作家而言，这个年纪正值紧要关头。"

"也就是你所说的不开心的时期？"

"说什么呢，别开玩笑了。你心里多少清楚吧。算了，别的我也不多说了。再说下去就有装腔作势的嫌疑。喂，我出发去旅行啦。"

大约由于我长到如今的年纪，向人解释自身情绪，总有装模作样的感觉（而且大部分是老生常谈的文学伪饰），索性什么都不愿再说。

此前，某家出版社的某位与我关系亲近的编辑问道："不试一试写写津轻吗？"而我自己也想在有生之年看遍故乡的每一个角落，于是某年春天，我像个乞丐一般从东京出发了。

那时正值五月中旬。"像个乞丐一般"，这样的形容或许带着强烈的主观意味，然而客观来讲，我的装束的确不算正式。我没有一件像样的西服外套，只有勤劳奉仕时穿的工作服。那衣服并非去裁缝铺特别定制的，不过是妻子用家里现成的棉布裁剪出来，再染上绀色染料，勉强凑成的夹克外套和长裤，是一套款式古怪、不可理喻的工作服。刚染完色的布料确是绀色没错，穿上外出一两次后，立刻变为像是紫色的奇妙颜色。可即便是紫色的女式洋装，也只有美人配穿。我在这套紫色工作服下裹了一圈绿色人造棉绑腿，搭配白色帆布胶底鞋，头戴人造棉纱网球帽。我向来注重衣着打扮，却是有生以来第一次以这副模样出门旅行。不过，我终究往帆布包里塞进用母亲的遗物重新缝制的、带有刺绣图案的羽织①和大岛绸②的夹衣，以及一条仙台平③的日式袴。万一途中须临时出席某些重要场合，也好有所应对。

我搭乘十七点三十分从上野出发的急行列车。更深露重，夜晚的空气越发寒凉。我在那件形似夹克的外套里面穿了两件薄薄的衬衫。长裤里面只有一条内裤。真没想到会这么冷。那些裹着厚厚的冬季外套、准备了毛毯盖腿的人甚至连声抱怨："冻死了，今晚怎么冷成这样。"在东京，这个季节已有性急之人穿着哔叽布料的单衣上街。我倒把东北的严寒忘得一干二净。我尽量蜷缩四肢，身体完全变成乌龟的模样。是了，这就是"心头灭却"的修行，我自言自语道。临近拂晓，只觉越来越冷，我已把"心头灭却"的修行扔到一旁，脑海中只剩极其现实庸俗的念头：盼望快些抵达青森，盘腿坐在随便哪家旅馆的暖炉边，喝几口烫热的酒。列车到达青森时是清晨八点。T君如约来车站接我。此番我已事先写信知会过他。

---

① 羽织：日本传统服饰，一种宽袖的和服外套，可防寒，也能作为礼服。

② 大岛绸：鹿儿岛县奄美大岛所产的手工平织丝绸，轻盈保暖。

③ 仙台平：宫城县仙台地区所产丝绸，织工精巧，质地厚实。

"我以为你会穿和服来。"

"现在可不是那样的时代啦。"我努力用玩笑的口吻道。

T君带着女儿一块儿来。我立即反应过来，啊，早知如此，就给孩子准备见面礼了。

"总之，先去我家歇会儿吧。"

"谢了。不过我想在中午之前，赶到蟹田的N君家。"

"我知道，已经听N先生说过了。N先生正等着你呢。总而言之，在开往蟹田的巴士发车前，你就在我家暂歇一歇吧。"

先前我那盘着腿围在暖炉边喝热酒的粗俗心愿，竟然奇迹般实现了。T君家的地炉生着暖烘烘的炭火，铁壶里热着一瓶酒。

"远道而来，辛苦了。"T君郑重其事地对我行礼致意，"来点儿啤酒如何？"

"不必，酒就算了吧。"我低声干咳道。

T君曾在我家住过一段时间，主要负责照顾鸡舍。由于和我同年，我们关系十分要好，常在一起玩。我还记得那时外祖母对T君的批评："那孩子甚至会冲女佣大呼小叫，真不知该说他什么才好。"不久之后，T君去青森市上学，毕业后就职于青森市的某家医院，深得患者和医院同事的信赖。前些年，他曾随军到南方的孤岛。去年因病返乡，痊愈后又回到从前的医院任职。

"你在战地时，最开心的经历是什么？"

"那个嘛，"T君沉吟道，"大概是喝到满满一杯配给啤酒的时候吧。一口一口非常珍惜地啜着，喝着喝着想别开脸喘口气，可嘴巴怎么也舍不得离开杯子。怎么也离不开呢。"

从前的T君是好酒之人，现在几乎戒了酒，而且时不时轻咳几声。

"你身体如何？"T君早年曾罹患胸膜炎，这次又旧疾复发。

"如果没有那一回生病受苦的经历，对病患的难处就不能感同身受。这回算是有了深切的体验。"

"你可真是个好医生。说实话，你那胸疾哪，"我有些醉意，大言不惭地同医生谈论医学，"根本就是精神疾病。只要把它忘了，就能好起来啦。你偶尔也痛快地喝一喝酒吧。"

"说得也是，适量喝些就好。"他笑着回答。我那粗暴的医学理论，看来并没有得到职业医生的认可。

"你要用些饭菜吗？不过这时节，青森没什么好吃的鲜鱼。"

"不用，谢谢啦。"我出神般怔怔地盯着一旁悉心备好的菜肴，"这些食物看上去很美味，不是吗？麻烦你了。不过，我并不觉得饿。"

这一趟津轻之行，出发前我便下定决心，面对吃食要心态淡泊。其实我并非圣人，说这话时感觉格外难为情，可东京人的口腹之欲实在有些过度。大概是我天性保守，总觉得"武士腹饥含牙签"这句形容，有种近乎自暴自弃的愚蠢逞强意味，滑稽得很，却也可爱得很。明明不必叼着牙签掩饰伪装，但这就是一种男儿气魄。所谓男儿气魄，往往以滑稽的形式展现。我听说有些既没骨气也没干劲的东京人，会去乡下地方夸张地哭诉，说什么"我们现在就快饿死了"，更有甚者会央求乡下父老用自家白米做饭给他们吃，甚至不忘拍马逢迎，堆起满脸卑屈的笑容："还有其他可吃的吗？有芋头？那太难得了。已经好几个月没吃过这么美味的东西啦。我想顺便带些回家，不知道可不可以分我一点？"我认为，东京人几乎都分配到了同等的食粮，而偏偏就是那些人依然嚷着"快饿死了"，实在很奇怪。或许他们的胃口确实比别人大许多。总之，哀叹着索取食物简直丢脸至极。且不说如今正应自我忍耐，即便身处别的时代，也应当秉持生而为人的尊严。我也听说，有少数例外的东京人去了地方，大肆抱怨首都食物供应不足，为此地方上的人都瞧不起东京来的客人，视他们为一群劫掠食物的蝗虫。我来津轻可不是为了劫掠食物。虽说我这身紫色的装束与乞丐无异，可我哪怕乞讨，也是为了真理与爱情，绝不是为了白米饭！为了维护东京人的全部名誉，我不惜搬出演说的语调，摆出故作夸张的表情，这是来津轻之前我已下定的决心。倘若有人对我说："来来，这是白米饭哟，请尽情吃个饱吧。不是听说东京没得吃吗？"哪怕他心怀好意，我也只会吃小小一碗，然后回敬对方："大概已经习惯了，还是东京的米饭更香甜。至于配菜，也恰好会在吃完的那天领到配给。不知打什么时候开始，我的胃口也跟着变小了，吃很少一点就有饱腹感。真是好呀。"

然而，我这别扭的用心可以说全然白费。我造访津轻各地好友的家，没有一个人冲我说过"这是白米饭哟，请尽情吃个饱吧"。尤其是我那八十高寿的外祖母，更一脸无奈地说："东京是个什么好东西都能吃到的地方，所以啊，想做点好吃的让你尝个鲜都伤脑筋得很。本来想给你做酒糟腌瓜吃，可不晓得怎么回事，最近连酒糟都没有了。"听完这番话，我着实感到幸福。即是说，这一回我所见的，都是对吃食不太敏感的心胸豁达之人。也没有人强硬地把各种食物塞给我，说"拿上这个，也带上那个"。感谢神明对我的眷顾。托他们的福，我得以一身轻装，背着帆布包心情愉悦地继续我的旅途。可是当我回到东京时，发现家里多出不少小小的包裹，它们先我一步到家，来自津轻那些温柔体贴的亲朋好友。我目瞪口呆。罢了，这些都是题外话。总之，T君并没有过分殷勤地劝我吃菜喝酒，也没有问及一句东京的食物供应情况。我们的主要话题，果然还是围绕从前两人在金木老家玩耍时的记忆。

"话说回来，我可一直把你当好朋友。"这番话我说得委实粗暴失礼，听上去既讽刺自大又装腔作势。说完我便浑身不自在起来。难道没有更加适当的说法吗？

"你那么说反倒让人不高兴。"T君也敏感地觉察到这一点，"在金木时，我是你家的用人，你是我的主人，如果你不这样想，我可要不开心了。真奇怪啊，已经过去二十年了，至今我还常常梦见你在金木时的老家。在战地那会儿也梦到过，然后猛地想起，糟糕，我忘记喂鸡了！就这么从梦中惊醒过来。"

快到巴士发车时间，我和T君一块儿出门等车。外面已经没那么冷。天气不错，加之喝了热酒，岂止感觉不到寒冷，我简直快要满头大汗。我们聊到合浦公园正值樱花盛放时节。青森市的街道灰白干燥，啊不，醉眼蒙眬中映现的模糊景致，还是不提为妙。青森市目前正大力发展造船业。路上，我们顺道为初中时代对我照顾有加的丰田家那位父亲大人扫了墓，然后匆匆赶去巴士站。倘若换了从前，我大约会语气随意地说："怎样，不如同我一块儿去蟹田吧？"可我毕竟年纪不小，多少学会一点处世之道，而且……算了，还是别再啰唆地解释自己的心情。总之，我们都已长大成人。而"大人"都是寂寞的。即便感情甚笃，也不得不小心翼翼地恪守规矩，彼此保持礼节与客套。为什么非得小心翼翼不可呢？答案是，不为什么。因为"大人"都被有心人巧妙背叛过、欺骗过，经历了太多丢人现眼的事。外人是不可以信任的，这个发现是从青年蜕变为"大人"的第一课。所谓"大人"，便是青年遭遇背叛后的模样。我默默走着。突然，T君主动对我道："我明天会去蟹田。明天清晨搭最早的那班车过去。到时在N先生家碰面吧。"

"你不去医院上班吗？"

"明天是星期天。"

"什么嘛，原来如此。这话你早说不就好了吗？"

看来，我们的内心尚且留宿着曾经天真无邪的少年。

二　蟹田

津轻半岛的东海岸，自古被称作外滨，船舶往来不息，是一处繁盛之地。从青森市搭乘巴士，沿东海岸北上，途经后潟、蓬田、蟹田、平馆、一本木、今别等村镇，便抵达因源义经①的传说而闻名的三厩。这段路程大约会花四小时。巴士的终点站在三厩。从三厩出发，沿着浪花翻涌的细长小径往北步

---

① 源义经（1159—1189）：日本平安时代末期名将，源义朝第九子，幼名牛若，是日本家喻户晓的传奇英雄，一生极富悲剧色彩，其事迹成为后世诸多小说、戏剧的题材。

行约三小时，便抵达一座叫龙飞的村落。如村名所示，这里已是陆地尽头。这里的岬角，便是本州的最北端。不过，此地最近成了国防要塞，绝不能公开相关里程数据与其他具体细节。总之，外滨这一带保存着津轻地区最古老的历史。而蟹田町便是外滨最大的村镇。从青森市搭乘巴士，越过后潟与蓬田，约一个半小时或两小时后，才可到达这里，亦即所谓的外滨中央地区。

蟹田户数接近一千，人口超过五千。就整个外滨地区而言，近来新建成的蟹田警察署，是最为耀眼堂皇的建筑。蟹田、蓬田、平馆、一本木、今别、三厩，也即外滨所有村镇都在警察署管辖区内。按弘前人竹内运平①在其著作《青森县通史》里所述，蟹田的海滨地区曾为铁砂产地，如今虽已绝矿，但在庆长年间修筑弘前城时，使用的建材便是以蟹田海滨地区的铁砂为原材料精炼制成。另外，宽文九年②时，为镇压虾夷③暴动，曾在蟹田海滨新造了五艘大船。再有，第四代藩主信政在位的元禄④年间，该地被指定为津轻九浦之一，并设立町奉行，负责管理木材输出事宜。这些历史皆为我事后调查所知，

---

① 竹内运平（1881—1945）：日本史学家，出生于青森县弘前市。

② 宽文九年：1669年。宽文是日本年号，用于1661年至1673年间。

③ 虾夷：北海道地区的旧称。

④ 元禄：日本年号，用于1688年至1704年间。

在此之前，我只知道蟹田是著名的螃蟹产地，我初中时代唯一的友人N君就住在那里。此番游历津轻，我打算顺路去N君的住处探望，所以事先已去信告诉他。信里大致是这么写的："请毋特意为此费心，装作毫不知情即可。千万别来迎接。但求不忘准备苹果酒与螃蟹。"虽说我告诫自己，这一趟吃食要尽量淡泊，可只有螃蟹例外。我喜吃螃蟹。没有任何缘由地喜欢。而且我爱好的净是蟹、虾、虾蛄这类没什么营养的食物。另外我还喜欢酒。一个原本对饮食淡漠以待的爱情与真理的使徒，一旦提到酒，便暴露出生性贪婪的一面。

在蟹田N君家，等待我的是一张红色猫脚大膳桌，上面堆积着小山似的螃蟹。

"一定要喝苹果酒吗？日本酒或啤酒都不可以？"N君难以启齿地问道。

怎么会不可以呢？那两样肯定比苹果酒好太多了。然而，身为"大人"的我相当清楚日本酒或啤酒的贵重价格，出于客气，才在信里提到苹果酒。听闻最近在津轻地区，苹果酒的产量尤其丰富，好似甲州①的葡萄酒一般。

"那么，请随便来一点吧。"我露出神情复杂的微笑。

N君顿时松了口气："哎呀，听你这么说我就放心了。我

---

① 甲州：今山梨县。

啊，怎么都不喜欢苹果酒。事实上，我老婆读完你的信，说想必太宰是因为在东京喝腻了日本酒和啤酒，想念家乡苹果酒的滋味，才会写来这样一封信。咱们就用苹果酒招待他吧。我说这点绝不可能，他才不会讨厌啤酒或日本酒。那家伙，肯定是在跟我说客套话。"

"不过，夫人所言也有道理。"

"瞧你说的。算了，闲话少说。你想先喝日本酒，还是啤酒？"

"啤酒的话，稍后再喝也无妨。"我不客气地厚着脸皮道。

"我也觉得那样更好。喂，老婆，上日本酒吧。没烫热也不要紧，赶紧拿过来。"

何处难忘酒，天涯话旧情。青云俱不达，白发递相惊。

二十年前别，三千里外行。此时无一盏，何以叙平生。

——白居易[1]

我上初中时，不大去别人家里玩，却不知为何总喜欢跑到 N 君家做客。那时候，N 君寄宿在寺町一家大酒铺的二楼。

---

[1] 此诗为唐代诗人白居易所作《劝酒十四首·何处难忘酒七首》其二。

每天清晨，我俩相约一块儿上学。放学时会抄近路，优哉游哉地沿着海岸小道散步。即便遇上雨天，也不会惊慌失措地狂跑，反倒淋得浑身湿答答的也不以为意，只是慢悠悠地走着。如今回想起来，当时我俩都是不拘小节、心无城府的小孩。或许这便是我与他格外交好的关键。我们在寺院门前的广场上跑步、打网球，星期天会带着便当去附近的山上郊游。在我的初期小说《回忆》中，时常登场的那位友人的原型就是这位 N 君。N 君初中毕业后，去了东京，就职于某家杂志社。我比他晚两三年去东京念大学，自那时起，我们恢复了往来。N 君当时借住在池袋附近，而我借住在高田马场。不过，我们几乎每日见面，在东京把臂同游。只不过那段时间的同游，不再是以网球或跑步的形式。N 君后来辞掉杂志社的工作，去保险公司上班。到底因为个性不拘小节，和我一样，总是被人耍得团团转。然而，我每次遭人欺骗，性格就会变得阴暗卑屈一点，可N 君和我相反，无论怎么遭人所骗，都越发豁达宽容，渐渐长成个性明朗的男子。N 君的坦率令我钦佩，他是一个不可思议的人。这个优点无疑继承自他家先祖的遗德，就连我这毫不懂得说话技巧的儿时玩伴，都对他的率直敬佩不已。

初中时，N 君时常到我金木的老家玩耍。到了东京后，也隔三岔五跑去我的小哥哥家玩。我这位小哥哥二十七岁过世那年，N 君专程向公司请假，帮忙料理后事，我的至亲都非常感谢他。不久后，N君不得不回来继承乡下老家的精米铺。揽过家业后，凭借那不可思议的品德，他赢得了镇上青年们的信赖，两三年前当选为蟹田町会议员，兼任青年团的分团长、某协会的干事等各种社会要职。如今，他已是蟹田町不可或缺的人才之一。

当天夜里，N君家还来了两三位在当地颇有声望的人物，大家一起喝酒。看来N君的确很受大家拥戴，果然是此地的红人。松尾芭蕉①的传世游历戒律中，有一首是这么写的："不可贪杯大肆饮酒，即便应约前往，不可推却，也应止于微醺，禁止大醉乱行。"大家熟知的那部《论语》也曾有言："惟酒无量，不及乱。"②我对这句话的理解是，酒喝多少都没关系，然而须得避免酒后失礼之行止。因此，我反倒以此为据，刻意不去遵守芭蕉翁的戒律。只要不烂醉如泥有失礼仪就好，这不是理所当然的吗？我觉得自己酒量很好，比芭蕉翁强上数倍不止。何况我也不是那种在别人家做客还喝得撒酒疯的蠢蛋。正所谓"此时无一盏，何以叙平生"。因此，对于N君家的酒，我喝得无所顾忌。另外，芭蕉翁的游历戒律中还有一条："除却俳谐，禁止杂谈。若论及杂谈，不及小睡养神。"这条戒律

---

① 松尾芭蕉（1644—1694）：江户时代前期俳人，曾在日本各地游历，被后世誉为"俳圣"，代表作有俳谐游记《奥之细道》等。

② 出自《论语·乡党》。

我也不曾遵循。在我这种凡夫俗子眼中，芭蕉翁的游历十分可疑，说不定大多是为宣传自己一派的主张而到地方上"出差"。说来也对，他的做法不就是在旅行途中每到一处便举办俳宴吗？简直形同为了设立芭蕉一派的地方支部而四处奔走。诚然，若是一位门徒众多的俳谐讲师，大可随心所欲地订立规矩，比方说除去俳句，其他杂谈一律禁止，倘使聊天，不如老老实实打瞌睡等。而我的旅行，一来并非为了设立太宰一派的地方支部，二来N君也不是为了听我夸夸其谈文学理论才设宴款待，再说，当天夜里来他家玩的还有当地有头有脸的人物，对方不过看在我是N君往年旧友的情分上，才对我亲切以待，推杯换盏，这是不折不扣的实情。想来假使我在席间一本正经地把文学精神翻来覆去说个不停，听到他们闲聊，便把背靠在壁龛柱子上打瞌睡，也太自由散漫了。

那天夜里，关于文学，我一个字都没提。聊天绝不使用东京腔，反而尽量自然地使用纯正的津轻方言。我们聊的都是日常琐事，是世俗杂谈。我想，席间有人看到我的模样，免不了会想：他用不着如此刻意吧？事实上，那晚我的身份是津轻津岛家的"叔父糟"（津岛修治是我出生时户籍簿上的名字，而"叔父糟"是本地人对家中排行第三第四的男儿的昵称）。其实，我心里不是没有这样的打算：借由这趟旅行，我要重拾津岛"叔父糟"的身份。这个心愿扎根于我作为都会人感到不安时，想要抓住曾作为津轻人的自己的想法。换句话说，我是为了探究津轻人的本质，才踏上这趟旅途。我是想要寻找被视为自己的生存之道范本的"纯粹津轻人"，才重新来到津轻。然后，我轻而易举地发现，那样的人在这里随处可见。当然我并不是在说谁拥有怎样一种生存之道。如我一般乞丐模样的贫穷旅人，没有资格做出自以为是的批评。那是无比失礼的行为。我并不会从每个人的言行或款待我的方式去窥探我所希望的答案。那与侦探别无二致的警惕目光，我原本就没打算带到旅途中来。大部分时间，我都垂着头，盯着自己的脚下走路。然而我感觉，耳朵里往往会悄然钻进谁的低声私语，那是些可称之为"宿命"的话题。我相信它们都是真的。我的发现正如它们一般，没有理由，也没有形体，什么都没有，是极其主观的事物。某个人怎么做，或者某个人说什么，我几乎毫不在意。那是理所当然的。我这种人根本没有在意的资格。总之，"现实"在我眼中是不存在的。"现实存在于'相信'所在之处，绝不可能强迫人相信它自身。"这个奇妙的句子，曾被我两度记录在自己的旅行手帖中。

我本想谨言慎行，终是一不小心就吐露蹩脚的感慨。我的理论不仅表达得语无伦次，而且很多情况下，连我自己都不明白我要表达什么，甚至谎话连篇。为此，我很讨厌解释自己的心情。总感觉那是显而易见的拙劣伪饰，让自己羞愧得面红耳赤。明知过后自己一定会后悔，偏偏兴奋之余忍不住重蹈覆辙，所谓"鞭挞不灵活的舌头"大约便是这么个意思。我甚至还会�’着嘴滔滔不绝，把话讲得颠三倒四、支离破碎，导致对方连轻蔑我都来不及，根本就只顾着心生怜悯，而这似乎也是我宿命里的悲哀之一种。

好在那天夜里，我没有抒发如此笨拙的感触，还违背了芭蕉翁的遗训，非但没有打瞌睡，还沉浸在杂谈中，与大家相谈甚欢，望着眼前最爱的小山似的螃蟹，把酒喝到更深露重。N君那位身材娇小、干练大方的夫人，眼尖地看出我一心只顾观赏那座小小的螃蟹山，怎么也没有伸手去拿，猜测我定然觉得剥螃蟹太费事，于是动作利落地为我剥了壳，再把白皙肥美的蟹肉填回原本的壳内，外形漂亮得如同某种水果冰品。没错，就是那种叫作什么什么水果的、保持了果物原形并散发着清凉香气的冰品。夫人接连为我剥了好几只。这些螃蟹，我估摸着是今晨刚从蟹田海滨捕捞的新鲜货，有着如同新采摘的水果般的清甜味道。我泰然自若地打破了此前立下的要对食物淡泊无欲的戒律，一连吃下三四只。这天晚上，夫人为每位客人都端上了可口的菜肴，丰盛得让久居这片土地的人深觉惊喜。本地那几位头脸人物离去后，我和N君把酒桌从里面的客厅挪到起居室，继续对酌闲谈。在津轻本地，当登门道贺的客人散去，剩下的少数自己人会继续聚在一起，吃余下的菜肴，随意共饮。这便是所谓的"慰劳之宴"（日语发音为"atofuki"），或许在津轻方言里，这个词读作"后引"（日语发音为"atohiki"），是当地的乡音。N君酒量远胜过我，因此两人都没有酒醉胡来的困扰。

"说起来，你啊，"我深深叹口气，"酒量还是一如既往的好呢。到底是我的师傅，倒也没什么奇怪。"事实上，教会我喝酒的便是这位N君。这话可是一点不作假。

"嗯。"N君把玩着酒杯，神色严肃地点头道，"关于这件事，我也仔细想过很久。只要你因喝酒误事，我都会觉得是自己的责任，心里难受得很。不过，最近我在努力改变想法，即便我没教这家伙喝酒，他也迟早变成酒鬼。所以呢，我根本不需要负责。"

"啊，你说得不错。事实的确如此。你完全无须为此负责。太对了，你说得一点没错。"

不久，夫人也加入我们，于是话题转到自家的孩子身上。一时气氛融洽、其乐融融。言笑晏晏间，突如其来的鸡鸣宣告天将拂晓，我大吃一惊，这才回到卧房休息。

第二日清晨，我刚睁开眼，便听见青森市T君的声音。他搭乘当日始发的巴士如约前来。我立刻起床。T君的到访让我安心不少，底气十足。他还带来一位青森医院的同事，对方也喜欢小说。不一会儿，那家医院的蟹田分院事务长S先生携妻登门造访。在我洗漱的时候，M先生也到了。他住在三厩附近的今别，是个喜欢小说的年轻人，听N君说我到蟹田旅行，便带着一脸羞涩的笑容赶来。M先生与N君、T君以及S先生似乎很早就已认识，大家即刻商量妥当，接下来便出发去蟹田的某座山上赏樱。

观澜山。我照旧穿着之前那件紫色的夹克外套般的工作服，裹着绿色绑腿出门。可其实不用穿得如此正经。那座山在蟹田町边上，海拔不足一百米。然而，从山顶望去的景色倒是不坏。那日阳光灿烂，云淡无风，遥遥可见青森湾对面的夏泊岬。此外，与这里隔着平馆海峡的下北半岛仿佛近在眼前。在南方人的想象中，东北的大海或许阴沉险恶、怒涛翻涌，而蟹田附近的海域，却出人意料的温和，水色浅淡，盐分稀少，甚至隐约能够闻到海潮的湿气。因为有融雪汇入，这片海水几乎与湖水无异。关于水深，由于涉及国防机密，或许还是不提为好。目力所及，海浪温柔地轻抚沙滩。临海不远处架着几张渔网，仿佛一年四季都很容易捕捞各种海产，比如蟹、乌贼、镰柄鱼、青花鱼、沙丁鱼、鳕鱼、鲛鰈鱼等。这座小镇仍与从前一样，每天清晨都有鱼贩拉着装满海产的板车沿街叫卖，大声嚷着："乌贼呀青花哟，鲛鰈呀青叶哟，鲈鱼呀多线鱼哟。"而且，这一带的鱼贩只会用这样的方式出售当日捕获的海产，绝不会贩卖前一天剩下的鱼鲜。也许他们会把当日卖剩的活鱼分送到外地去。因此，住在这座小镇上的人，每日吃到的鱼都是现捕现捞的。不过，若是碰上天气不佳风浪太大，一整天没法出海，镇上连一条鱼都见不到，大家会用鱼干和山菜做饭。这种情况并非蟹田所独有，外滨一带的渔村，甚至不只外滨，再远一点如津轻西海岸的渔村也是如此。

另外，蟹田也盛产山菜。蟹田虽临海，却拥有平原与山峦。在津轻半岛东海岸，山丘依偎着大海。见不到太多平原，山坡上能开垦为水田与旱田的地方极为有限，因此，越过山脊居住在津轻半岛西部宽广的津轻平原上的人们，称呼外滨这个地方为"山阴"（意为山的背阴处），不得不说，这个名称多少包含着怜悯意味，可巧偏偏在蟹田这个地方，分布着不逊于半岛西部的肥沃田野。倘若蟹田的居民得知自己被住在西部的那些人同情，恐怕会捧腹大笑。

在蟹田，有一条水量充沛的河川缓缓流过，那是蟹田川，流经之域覆盖着广阔的农田。这一带无论东风还是西风都很迅猛，颗粒无收的年份也不少，只是不如半岛西部的居民以为的那么贫瘠。站在观澜山顶放眼望去，水量充沛的蟹田川犹如蜿蜒长蛇，在它两侧，静静铺展着立春后新开垦的水田。真是一片丰饶有望的景致。观澜山属于奥羽山脉的支系——梵珠山脉。梵珠山脉自津轻半岛的水源处一路向北延伸，直至半岛尽头的龙飞岬才没入海中。一座座海拔两百米到三四百米不等的低矮山峰绵延起伏，而大仓岳刚好青青苍苍地耸立在观澜山的西边，与增川岳一样，同为这条山脉的最高峰之一，但其海拔也不过七百米左右。"山不在高，有木则灵。"既然有头头是道地讲出这句败兴之语的实用主义者在，津轻人就完全不必为当地山脉的低矮感到耻辱。这里还是全国屈指可数的扁柏产地。事实上，津轻引以为傲的古老名产，并非什么苹果，而是扁柏。明治初年^①，美国人带来树种在当地试植，到了明治二十年代，又从法国传教士那里学来了法式剪枝法，成就斐然，其后地方居民才开始尝试苹果栽培，而让它作为青森名物驰名全国，则是大正^②年间的事了。青森苹果虽非东京的雷门米花糖、桑名^③的烤蛤蜊那般轻薄浅俗，却远不及纪州^④的蜜柑历史悠久。

众所周知，但凡提及津轻，关东、关西的人立刻会想起苹果，而对扁柏知之甚少。这也难怪，津轻的群山郁郁葱葱，即便入冬依然枝繁叶茂，或许青森县的县名便是源自于此。很早以前，这里就被列入日本三大森林之一。昭和四年^⑤出版的《日

---

① 这里指1868年。

② 大正：日本年号，用于1912年至1926年间。

③ 桑名：位于今三重县北部，与爱知县和岐阜县接壤。

④ 纪州：纪伊国（现和歌山县、三重县南部地区）别称。

⑤ 昭和四年：1929年。

本地理风俗大系》中曾有记载："津轻大森林原本便是津轻藩主为信的遗业，从那时算起，在藩府严格的制度管理之下，培育出今日葱郁的山林，并被称为全国造林模范区。天和①、贞享②年间，在津轻半岛沿日本海岸分布数里的沙丘间植木造林，抵挡潮风，并助岩木川下游地区开拓荒地。其后，藩府承袭此项方针，大力发展造林业，终于在宽永年间成功培育出屏风树林，在此基础上开垦出面积达八千三百余町步③的耕地。从此藩内各地频繁造林，最终在藩内百余处植造了大型藩有林。到了明治时代，政府重视林业发展，青森县的扁柏林为世人啧啧称奇。此地木材适宜用作各种建筑土料，尤其具备防潮特性，木材产出丰富，搬运便利，被视为当地至宝，年产额约八十万石④。"这份记载出自昭和四年，因此我想，如今当地的产额大约是那时的三倍左右。

上文是对津轻地区扁柏林的整体记述，不能将之视为蟹田这个地方的骄傲。然而，自观澜山顶遥望的葱郁山峦，则属津轻地区最葳蕤的森林地带，方才提过的那本《日本地理风俗大系》中，刊载有蟹田川河口的大幅照片，照片旁标注的说明是

---

① 天和：日本年号，用于1681年至1684年间。

② 贞享：日本年号，用于1684年至1688年间。

③ 町步：日本以町为单位，计算田地、山林的面积。1町步约为9917平方米。

④ 石：日本计算木材的体积单位。1石约为10立方尺，0.28立方米。

这样的："这条蟹田川附近，广植享有日本三美林之誉的扁柏国有林。蟹田町因此成为货物运输港口，相当繁盛。森林铁道由此出发，行过海岸，深入群山，每日将大量木材装运回港。这里的木材以其品质优良、价格低廉而声名远播。"由此来看，蟹田人确然应当为之自豪。再者，津轻半岛的脊梁梵珠山脉不仅盛产扁柏，也出产杉木、山毛榉、橡树、桂树、栎树、落叶松等木材，其山菜品类之丰富，更是广为人知。半岛西部的金木地区，山菜品种同样繁多，而蟹田郊外的山麓附近，实在很容易采摘到蕨菜、紫萁、土当归、竹笋、款冬、蓟菜、菌菇，等等。如蟹田町这般拥有水田和旱田，又不乏海味与山珍的小镇，想必会给读者留下鼓腹击壤、别有洞天的错觉，但我从观澜山顶望去的蟹田町，其实散发着无精打采又缺乏活力的气息。

写到这里，读者会发现我对蟹田极近夸赞之能事，即便接下来说它几句坏话，我觉得蟹田的居民也不会因此气得想要揍我一顿。蟹田人性情温和。诚然，温和是种美德，可要是居民将日子过得太闲散，令小镇的气质也同他们一样柔和慵懒，那么旅人便无法安心了。我认为，若将目光置于城镇的发展来看，物产丰饶未必全是好事，它反倒造就了蟹田町的老气横秋与孤寂沉静。河口的防波堤筑造了一半便被抛弃，始终没能完工；为盖新家而整饬好的土壤赤红的空地竟然种上了南瓜，毫无搭屋建房的迹象。站在观澜山上其实并不能将这些残缺的景致尽收眼底，在蟹田，还有许多半途而废的工程。我问N君，该不会是守旧人士在蓄意阻挠町政的积极推行吧？这位年轻的町会议员苦笑着回答，这点你就别问了，不提也罢。

我立刻醒悟过来，世间最应忌讳的是什么呢？是士族的商法与文士的政谈。我对蟹田町政多嘴多舌的过问，只会招来专业町会议员嘲笑的愚蠢结果。这让我立刻联想到德加的失败经历。法国画坛名匠埃德加·德加^①，曾在巴黎的某家歌剧院的走廊里，偶然与大政治家乔治·克列孟梭^②坐在同一张长椅上。德加无所顾忌地对这位大政治家陈述自己长久以来怀抱的高远政治见解："假如我当上了总理，一定会深感肩负重任，切断一切人情恩惠，选择苦行者般的朴素生活，在办公厅附近的五层公寓里租一间小小的屋子，只需要一张桌子和简陋的铁床。下班回来后，我会在那张桌子上继续处理剩余的公务直到深夜。睡魔来袭时，连衣服与鞋子都不脱，倒床便睡。第二天早晨，刚一睁眼就立刻起身，站着吃鸡蛋、喝汤，夹着公文包冲去办公厅。我肯定会选择这样一种生活！"

---

① 埃德加·德加（1834—1917）：法国印象派画家，代表作有《调整舞鞋的舞者》《舞蹈课》《盆浴》等。

② 乔治·克列孟梭（1841—1929）：法国政治家、新闻记者、激进派领袖，人称"法兰西之虎""胜利之父"。

德加口若悬河热切激昂，克列孟梭一言不发，只用无话可说似的轻蔑眼神频频注视这位画坛巨匠的脸。德加察觉过来，对这样的目光简直无法招架。他感到十分汗颜，没有对任何人提及这次失败的经历，直到十五年后，才悄悄将之透露给自己为数不多的友人中最为投缘的保尔·瓦雷里①。一个人竟然拼命隐瞒自己的秘密长达十五年！就这点来看，即便是傲慢不逊的名匠，遭受职业政治家不经意流露的轻蔑眼神，也会感到如坐针毡、痛入骨髓吧。我不由得在心底对他寄予无限同情。无论如何，艺术家谈论政治，必为过失之本源。德加的失败便是绝好的例子。作为区区一介贫穷文士，我还是赞颂观澜山的樱花、讴歌津轻友人之间的情谊吧。至少这么做，不会招来祸端。

赏樱前一日西风呼啸，刮得N君家的障子②晃个不停。于是，我情不自禁发表了某条自以为是的"卓见"："蟹田真是风之城。"结果看看今日，蟹田町就像在嘲笑前夜我的谬论似的，天高云淡，春阳和煦，平静得一丝风也没有。观澜山的樱花正值花期，沉默淡雅地点缀在山间。用"烂漫"来形容却是

---

① 保尔·瓦雷里（1871—1945）：法国象征派诗人、评论家，代表作有《海滨墓园》《幻美集》等。

② 障子：日式纸拉门，在木格的两面糊上半透明的和纸做成，有采光、通风、划分室内空间等作用。

不那么恰当。花瓣薄薄，近乎透明，又纤弱又安静，感觉更像以雪水浣洗后悄然绽放一般。花影幽微，莫可名状，几乎让人以为是其他品种的樱花，又让人怀想起诺瓦利斯^①的青花，或许这些樱花有着与它一样的风致。我们盘腿坐在樱花树下的草坪上，揭开便当套盒。都是N君的夫人亲手做的料理。此外，大大的竹篓里盛满蟹和虾蛄，也有啤酒。我尽量矜持有度地剥掉虾蛄皮，吮着蟹腿，用筷子夹套盒里的料理吃。那些料理中，有一道菜是在枪乌贼的体内塞满透明乌贼卵，蘸了酱油烤熟，切片食用。我觉得这道菜最为鲜美。身为退役兵的T君，嘴里一边嚷着好热好热，一边赤裸着上半身站起来，开始做军队体操。他把手帕卷成头巾绑在额上，黝黑的脸庞竟有些神似缅甸的巴莫^②长官。

那一日，聚在一块儿赏花的人，热情程度各有不同，可是看上去仿佛都想听听我对小说的理解与想法。于是，他们问我什么，我便回答什么，并不多言其他。我严格遵循芭蕉翁的游历戒律——"有问必答"，却对他立下的更为重要的规矩视而不

① 诺瓦利斯（1772—1801）：德国浪漫主义诗人，著有长篇小说《海因里希·冯·奥弗特丁根》，书中以青花作为浪漫主义憧憬的象征，代表作有《圣歌》《夜之赞歌》等。

② 巴莫（1893—1977）：缅甸的政治领导人与独立运动家，第二次世界大战期间曾出任缅甸元首。战后亡命日本新潟，直到1946年被特赦回国。

见——"毋揭他人短处，彰显己身所长。世间最卑劣之事，莫过于嘲讽他人以夸耀自我"。然而，我终究做出了"世间最卑劣之事"。虽说芭蕉肯定也曾尖酸刻薄地讲过其余门派俳谐诸人的坏话，可大约不至于像我这样，明明没有真本事，偏要做出横眉怒目肆意批判其余小说家的浅薄行径。我这种做法，既招人不悦又厚颜无耻。当他们问及日本某位五十多岁的作家时，我忍不住脱口回答，那人并不怎么样。不知道什么原因，最近那位作家的旧作，让东京的读书人怀抱几近敬畏的心情，甚至将他奉若神明，形成某种奇怪的风潮：大家之所以坦言自己喜欢崇敬那位作家，不过是为证明读书人高尚的趣味罢了。正所谓"偏袒至极，反竟害之"，或许那位作家也甚为困扰，苦笑不已。然而，我很早便见识过那位作家奇妙的气魄，本着前文提及的津轻人的愚昧心态，"抑或卑贱之人，仅依一时武运，夸耀威势，拒不屈从"，而不愿表露欣喜，更没有率性地跟风附和。直到近日，重新阅读了那位作家的大部分作品，我虽承认他写得不错，却并未从中寻出格外高尚的趣味，反倒认为那种露骨得令人不快的薄情，正是他擅长的。他笔下的世界充满吝啬小市民装腔作势的一喜一忧，毫无意义。作品主人公偶尔会对自己的生存方式进行"充满良心"的反思，可就连这种描写也带着特别陈旧迂腐的味道。如此惹人生厌的反思，不做也罢。或许作者的本意是想远离文学性的青涩，结果越发深陷其中，弄巧成拙，显露格局的逼仄狭隘。还有那些刻意营造的幽默诙谐，意外地散布于故事的多处细节，却因作者终究无法摆脱自我局限，绷着一根无趣的神经战战兢兢，以至于读者完全领悟不到笑点。听闻有人将之评价为"贵族式文风"，我觉得这种浅薄的批评简直不可理喻，根本就是"偏袒至极，反竟害之"。我想，真正的贵族，即便仪容不整，也能豁达从容。法国大革命时期，当暴徒们闯进国王寝宫时，那位法国国王路易十六①尽管是个昏君，依然哈哈笑着，当场夺过其中一个暴徒头上的革命帽子，毫不在意地往自己脑袋上一扣，高声呼喊"法兰西万岁"。那些被热血染红眼睛的暴徒，竟然被国王与生俱来、不可思议的气度感染，不由得随国王一起高呼"法兰西万岁"，连他的一根手指都没碰，老老实实撤出了寝宫。真正的贵族，便具备这样一种天真无邪、不加矫饰的气度。那些紧紧抿着嘴、把衣领扣得严严实实的家伙，反倒在贵族的仆从里很常见。诸如"贵族式文风"一类的形容，大家还是不言为妙。

那天，在蟹田的观澜山上一块儿喝啤酒的几个人大都对那位五十多岁的作家非常感佩，一个劲向我打探作家的情况。后来，我终于忍不住打破芭蕉翁的游历戒律，冲口而出上面那

---

① 路易十六（1754—1793）：法国波旁王朝国王，1774年至1792年在位，是法国历史上唯一被处决的国王。

番极不动听的坏话。话一出口，我更加来劲，直讲得眉飞色舞、蹙眉咧嘴，最终偏离原本的话题，奇怪地扯到"贵族式文风"。在座诸人，没有谁表示赞同我的见解，从今别来的M先生更是神情困惑地自语道："我们几个可从未提及愚蠢的'贵族式文风'呢。"他的模样，看上去就像对醉汉的胡言乱语十分没辙。其他人也面面相觑，笑容微妙而复杂。

"总体来说，"我的声音近乎悲鸣，啊，我并非在说作家前辈的坏话，"千万不可为男人的外表所骗。那个路易十六可是世所罕见的丑男哪。"我说得越发离谱了。

"但是，我很喜欢那个人的作品。"M先生偏偏立场明确地发表意见。

"在日本，那人写的小说还算不错吧？"青森医院的H先生语气折中地谨慎道。

我的立场越来越尴尬。

"这个嘛，倒也不是不好。嗯，还算不错。可是，我人就在你们面前，关于我的作品，你们却不置一词，难道不觉得过分吗？"我笑着说出心里话。

大家不由得微笑。见此情景，我得寸进尺般滔滔不绝起来："我的作品啊，虽然写得一塌糊涂，但我这个人心怀大志。只因抱负太过沉重，导致现在走得磕磕绊绊。你们眼中的我呢，一定是一副愚笨无知、不修边幅的模样，只有我自己晓得，什么才是真正的气度。我一点也不认为，端出松叶形的糕点，在青瓷瓶中插上水仙做装饰，便是所谓的高雅。那才叫暴发户的趣味，那才叫失礼。真正的气度是什么？是在黑黢黢、沉甸甸的岩石上摆一圈洁白的菊花。花朵下面必是一方污秽不堪的大石头才行。这才堪称真正的高雅。你们还是太年轻了，以为把茎里穿有铁丝的康乃馨插在杯子中的女学生做派，就叫艺术的高雅。"

这番言论简直匪夷所思。"毋揭他人短处，彰显己身所长。世间最卑劣之事，莫过于嘲讽他人以夸耀自我。"芭蕉翁的这条游历戒律，是近乎严肃的真理。事实上，我这个人的确卑劣得很。由于这个卑劣的恶习，我在东京的文坛始终只会让所有人感觉不快，大家视我为肮脏愚蠢的家伙，敬而远之。

"唉，这也是没办法的事。"我两手撑地，往后仰起身，"我的作品写得实在糟糕。无论怎么辩解都于事无补。不过，你们好歹认可我一下啊，怎么说我也能达到你们喜欢的那位作家十分之一的程度吧。就因为你们丝毫不认同我的小说，我才变得这么肆无忌惮、口无遮拦。你们快夸我几句啦。哪怕说只有他的二十分之一也好。快夸夸我。"

众人捧腹大笑。见他们笑得那样开心，我才如释重负。

蟹田分院的事务长S先生站起身，用久经世事者所特有的仁慈口吻，劝解道："怎么样，我们换个地方再聊吧？"并说已预先在蟹田町最大的 E 旅馆为大家订妥了午饭。

我向 T 君使眼色道："这样做合适吗？"

"没关系。你就恭敬不如从命吧。" T 君起身穿好衣服，"我们先前计划过了，听说 S 先生藏有配给的好酒，待会儿大家还想不客气地多喝几杯。总不能老让 N 先生为我们费心啊。"

我顺从地依照 T 君所言而行。之前我不是说过吗，有 T 君在身边陪着，我便安心不少。

E 旅馆的店面相当气派，房间里的壁龛很讲究，厕所清扫得干净整洁。即便独自前来投宿，也不会感到寂寞。大体上说，津轻半岛东海岸的旅馆比西海岸的更加高级，或许得益于往昔接待诸多他县客人的传统。过去人们前往北海道，必然会从三厩乘船出发。为此，这里的外滨街道从早到晚忙着迎送来自全国各县的旅客。

E 旅馆的料理中也附有螃蟹。

"果然不愧是蟹田啊。"不晓得是谁感叹了一句。

由于 T 君不喝酒，此时已率先开始吃饭。其他几人先品尝了 S 先生带来的美酒，然后才用餐。S 先生乘着醉意，语气陶然地说："我这个人呢，无论是谁写的小说，都很喜欢，读来也很有趣，嗯，人人写得都很精彩。所以，我对小说家特别有好感。不管哪位小说家，我都喜欢得很。我的儿子已经三岁了，将来我打算让这小子去当小说家。至于名字，我给他取名叫文男，汉字意思解释为'有文气的男子汉'。他的脑袋啊，仿佛同你的脑袋形状差不多。容我冒犯一句，正是像你这样，头盖骨扁扁的形状。"

我还是第一次听说自己的头盖骨是扁的。关于自身容貌的各种缺陷，我以为此前已然于心，却从没察觉连脑袋的形状也很奇怪。莫非我身上还有许多缺点，只是自己尚未发现？况且前一刻我才大放厥词，讲了别的作家的坏话，此时内心忐忑得无以复加。

不想Ｓ先生越发来了兴致，再三热情地邀请道："酒喝得差不多了，一会儿到我家去坐坐吧，意下如何？来吧来吧，稍微坐坐就好。也请顺道见一见我老婆和文男。拜托啦，苹果酒嘛，蟹田要多少有多少。请来我家喝苹果酒吧，怎么样？"

我十分感激Ｓ先生的好意，却忽然对那句"头盖骨扁扁"的形容感觉沮丧。我想早些躲回Ｎ君家里，蒙头睡一觉。倘若去了Ｓ先生家，恐怕不单是我扁扁的头盖骨，就连脑袋里的东西也要被一眼看穿，指不定还会招来言辞激烈的痛斥，一想到此，心情更加沉甸甸的。我像之前那样，使眼色问Ｔ君意见。我做好了心理准备，万一Ｔ君说"你快去"，我只好义无反顾地赴约了。Ｔ君神情严肃地思索一会儿，说："要不你就去一趟吧？Ｓ事务长平时几乎不会喝得这么醉。他盼了很久才等到你的大驾光临哪。"

我于是决定赴约，不再拘泥于他对我扁扁头盖骨的形容，我宁可将它当作 S 先生风趣的玩笑话。看来，一个人只要对容貌没了自信，就会斤斤计较此类鸡毛蒜皮的细节。或许不只容貌，如今我最匮乏的，是"自信"。

待我去到 S 先生家才发现，在他身上，津轻人狂热的待客本性已然暴露无遗，即便同为津轻人的我，也禁不住瞠目结舌。

只见 S 先生刚进屋，便一叠声地对他的夫人吩咐："喂，我把东京的客人带来啦。终于带来啦。这位就是此前提过的太宰。打个招呼吧。快些出来拜会客人呀，顺便把清酒拿来。哎，不对，我们刚刚才喝过清酒，那把苹果酒拿出来招待客人吧。什么，只剩下一升了？也太少了吧！再去买两升回来。等等，把晒在檐廊下的鳕鱼干蒸一蒸吧。再等一下，得先用铁锤锤软和了才能蒸，不蒸是万万不行的。等等，你那种锤法怎么可以啊，还是我来吧。鳕鱼干呢，是要这样锤的，这样，看见没？啊，痛死我啦！嗯，就像这样锤。喂，把酱油给我。鳕鱼干必须蘸酱油的。还差一个杯子，不，差两个，快拿过来。等等，用这只茶碗代替也可以。来，干杯，干杯。喂，再去买两升酒回来。等等，把孩子带过来见见客人。那小子将来能不能成为小说家，不如让太宰来鉴定一番吧。怎么样怎么样，这颗脑袋的形状，这里，果然是扁扁的吧？我就觉得和你的头盖骨形状很像呀。很好很好。喂，把孩子带到那边去玩吧。实在吵得人头疼。当着客人的面，这么邋里邋遢的成何体统！和暴发户的趣味没什么两样！快点再买两升苹果酒回来。你看，客人都要溜掉啦。等等，你还是留在这里照顾客人吧。来，快给客人斟酒。苹果酒就拜托隔壁大婶去买吧。大婶不是想匀点咱们家的砂糖过去吗，就分些给她吧。等一下，砂糖还是别给大婶了，咱们家的砂糖得全部送给东京的客人。记住啦，可千万别忘了哟！全部，都要送给客人！先用报纸包一层，再拿油纸裹起来，缠好绳子才能献给客人。怎么能放着孩子哭都不管呀，太没礼貌了。和暴发户有什么两样！贵族可不会是这副德行。等会儿，我不是说过吗，等到客人要回去时再奉上砂糖也不迟嘛。来点儿音乐，音乐！放一放唱片吧。舒伯特、肖邦、巴赫，随便哪位的都可以，快放音乐。等下，这是什么？巴赫吗？停停停，简直吵得人受不了。这还怎么让人聊天呀！放点安静的音乐吧。等等，菜都吃光啦。去炸点鲛鲦来。那蘸酱可是咱们家引以为傲的东西，就是不晓得合不合客人的口味。等一下，除了炸鲛鲦，再把贝壳蔬菜汤炖味噌蛋也端上来。这道菜出了津轻可就没地方吃啦。对对，味噌蛋。味噌蛋最好啦。味噌蛋，味噌蛋。"

　　此处我的描写，绝无一丝一毫夸张。这种疾风怒涛般的待客方式，正是津轻人热情好客的表现。鳕鱼干是把大块鳕鱼肉于大雪中冷冻晾干后制成的，符合芭蕉翁清淡闲雅的品位。S先生家的檐廊下就挂着五六尾鳕鱼。席间，他颤巍巍地站起身，随便捞过两三尾，用铁锤乱敲一气，还因此弄伤了左手拇指，然后跌坐下来，几乎爬着给大家依次斟上苹果酒。至此我终于搞清楚一件事，之前他形容我那扁扁的头盖骨，绝不是有意取笑，也并非幽默的玩笑。S先生仿佛发自内心地尊敬有着扁平头盖骨的人，觉得那没什么不好。津轻人的耿直可爱，由此可见一斑。

接下来，在他的连声催促下，味噌蛋终于上桌。我想对一般读者稍微介绍几句这道贝壳蔬菜汤炖味噌蛋。在津轻，牛肉锅和鸡肉锅分别被称作"牛肉炖贝壳"和"鸡肉炖贝壳"。我推测应该是"贝壳烧"的方言发音①。这种烹煮方式如今已不多见，可在我小时候，津轻这里炖煮肉类，最常用到的食材便是体积较大的扇贝。或许从前人们固执地相信用贝壳炖煮，可以熬出鲜美醇厚的高汤。总之，这是从原住民阿伊努人那里传下来的遗风。我们这儿的人都是吃这种贝壳烧长大的。而贝壳蔬菜汤炖味噌蛋，是将味噌和柴鱼片放进贝壳蔬菜汤里熬煮，放入鸡蛋做成的一道家常菜。虽说是很原始的料理，却是专门

---

① 牛肉炖贝壳发音为ushi no kayaki，鸡肉炖贝壳发音为tori no kayaki，贝壳烧发音为kaiyaki。

做给病人吃的。倘若生了病没有食欲，可以把这道贝壳蔬菜汤炖味噌蛋淋在米粥上吃。这种吃法也是津轻所独有。Ｓ先生怕是想到了这一点，才连连催促他的夫人做这道菜让我品尝。我实在招架不住他的热情，恳请夫人无须张罗，并说自己吃得太多，已经很饱，随后从Ｓ先生家离开。

我希望读者留意一件事。那一日，Ｓ先生的款待方式，正是津轻人热情好客的表现，而且只有纯粹的津轻人才具备。同样的情况在我身上也时有发生。因此，我可以无所顾忌地写出来。每当有朋友远道而来，我都不晓得怎么招待才最恰当。结果只好满腔期待、毫无意义地左右忙活，甚至有过一头撞上悬着的电灯，将灯罩打碎的经历。吃饭时适逢贵客登门，我往往直接扔下筷子，一边嚼着嘴里的饭菜一边冲去玄关迎接，倒是让门外的客人愁眉苦脸心生不悦。我绝对做不到把客人晾在一旁，自己优哉游哉地继续吃饭。而我这么做的结果往往便是像Ｓ先生那样，本想竭诚尽心，拿出家里的所有好东西招待客人，反而让客人瞠目结舌，我也不得不在事后为自己的失礼专程向客人解释致歉。这种不得要领的全力以赴、即便献上生命也在所不惜的待客之道，便是津轻人表达热情与爱意的方式。在关东、关西人看来，恐怕反倒成了无礼的粗暴行径，让他们忍不住敬而远之。从Ｓ先生身上，我仿佛读到与之相类的自身的宿命。回去的路上，不由得对他既惺惺相惜又无比同情。或许津轻人表达热忱的方式，得加些清水调和稀释，才不会让他县的客人手足无措。相较之下，东京人总喜欢态度微妙地拿腔作势，上菜时也是一道一道慢悠悠的。尽管端上桌的并非"无盐的平菇"①，我也曾像木曾大人②一样，夸张地表达过自己的热忱，迄今为止不知遭受了多少次东京那些傲慢风雅人士的蔑视，只因我常常急切地催逼妻子："快去买回来，快去买回来。"

事后我听闻，接下来的一星期，S先生只要想起味噌蛋的事，就惭愧得无地自容，止不住猛灌酒。据说平日的他，个性比一般人都要腼腆细腻。从这里又可窥见津轻人的特征。纯粹的津轻人，平时绝不粗暴野蛮，远比行事不上不下的都会人优雅。待人接物大多细致体贴。这种克制的一面也会依照情况发生变化。当它如决堤的湖水奔涌而出时，当事人便不知如何是好，最终发展成"这是不加盐的新鲜平菇，快吃吧，快吃吧"的催促形式，换来浅薄都会人的蹙眉皱脸。

宴请结束后的第二日，S先生在家喝酒，羞愧地把身体缩

---

① 无盐的平菇：不加盐烹制的新鲜平菇。典故出自《平家物语》卷八《猫间》。"无盐"本指未用盐腌渍的鲜鱼，武将木曾义仲误以为但凡新鲜的食物都可称之为"无盐"，并催促侍从"快端上来"。

② 木曾大人，即木曾义仲（1154—1184），又称源木曾左马头义仲，日本平安时代末期著名武将，是源赖朝、源义经的堂兄弟。

成小小一团。某位友人上门拜访，揶揄地问他："怎么样？后来被夫人训斥了一顿吧？"

S先生如少女般难为情地回答："没，暂时还没有。"

看来，他已经做好准备，等着挨骂了。

三　外滨

那天离开S先生家后，我回到N君的住处。N君再次与我对酌啤酒，夜里T君也被我们留了下来，同住他家。三人一块儿躺进里间的卧室睡觉。第二日大清早，我们还在睡梦中，T君已搭乘巴士回了青森，似乎急着赶去医院上班。

"在咳嗽呢。"我躺在被窝里，耳尖地听到T君起床后一边洗漱一边轻轻咳嗽的声音，莫名感觉悲伤，于是立刻爬起来，将此事告诉N君。

N君也坐起身，一边穿裤子一边神情严肃地说："嗯，他咳了有一会儿了。"喜好饮酒之人，不喝酒的时候通常神情异常严肃。不，或许不仅是神情，连内心也变得毫不留情。

"那咳嗽听上去不大妙啊。"果然，N君看似睡着了，实则听得相当清楚。

"凭意志力是可以战胜的。"N君语调平淡，说完系紧裤腰带，"你看我俩，不也治好了吗？"

曾有很长一段时间，我和N君都在同呼吸道疾病做斗争。

当时N君的哮喘特别严重，如今好像已经完全康复。

展开这趟旅行前，我曾与某本杂志约好，要写一则短篇小说给他们。如今截稿日迫在眉睫，于是那一日再算上第二日，我花了整整两天，把自己锁在N君家里间的卧室埋首工作。在此期间，N君也在他家对面的精米厂劳动。第二日傍晚，N君来到我写作的房间，问道："写得差不多啦，写了两三页稿纸呢。我这边再有一个小时就完工啦。我可是把一个星期的工作都赶在两天内做完了。想着接下来可以一块儿去玩就干劲十足，工作效率高了不少。还差一点啦。最后再加把劲儿哟。"说着，他转身立刻回了精米厂，这一次，还没过十分钟，又出现在我的房间，道："写得差不多了啊。我那边还得再等一会儿。这阵子机器运作挺顺畅的。你还没来我家工厂参观过吧？算了，那地方可脏得要死，你还是别来啦。好了，加油写吧，我也要过去了。"说完，人再次回了工厂。那个瞬间，迟钝如我，总算察觉N君的意图。他一定是想让我瞧瞧他在工厂手脚勤快的劳动模样，故意暗示我趁他就快完工的当儿，赶紧去见识一下。我露出了然的微笑，迅速完成手头剩余的工作，来到街对面的精米厂。N君穿着一件满是补丁的灯芯绒外套，站在一台巨大的精米机旁。机器运转很快，令人头晕眼花。他两手背在身后，脸上是若有所思的神色。

"你这儿真热闹啊。"我大声对他说。

N君闻言转过头，随即开怀地笑道："你的小说写好了吗？我这边也快啦。你进来吧。不脱鞋也行的。"

　　话虽如此，我却并非那种趿着木屐大摇大摆走进精米厂的粗神经男人。就连N君自己也换上了干净的草屐。我四下打量一圈，没有看到室内穿的草屐，只好站在工厂门口默默笑着。我本打算赤足走进去的，可又觉得那么做既夸张又矫情，恐怕只会让N君感到尴尬，不得不打消这个念头。每当我按常识行事，总是觉得非常难为情。这是我的坏毛病。

　　"这台机器个头真大呀，亏你一个人操纵得来呢。"我绝不是在奉承他，因为N君同我一样，对科学知识并不精通。

　　"不，操纵起来挺简单的。只要把开关像这样扭——"他一边说着，一边示范给我看，操纵那台巨大的机器时动作十分娴熟。比如，他扭动了好几处开关，发动机随即停止运转；又比如，怎样让稻谷喷出雪白的米粒，怎样让喷涌的米粒像瀑布一样倾泻而下。

　　我的视线忽然停在工厂中央的一根柱子上，那里贴着一张小小的宣传海报。海报上有个男人，脸型像一把酒壶，他盘腿坐在那儿，正挽起袖口大杯喝酒。那只大酒杯里映现出小巧的屋舍与仓库。这幅奇妙的画作上印着一行简短的说明文："饮酒伤身，不宜养家。"我久久凝视着那张海报，N君若有所觉地盯着我的脸，笑得意味深长。我也默默笑了笑。我和他是共犯。"真让人不晓得说什么好。"这是那一刻我内心的真实感受。转念一想，又对在自家工厂的柱子上贴着这样一张海报的N君有些怜惜。人不应憎恨美酒。至于我，手头拮据，连可供挥霍的屋舍和仓库都没有，顶多可以在那只大酒杯中塞进约莫二十本小说，那行说明文恐怕也该写成"饮酒伤身，不宜著书"吧。

工厂靠里的角落摆着两台闲置的庞大机器。我问N君那是什么，他幽幽地叹了口气，说："那两个啊，是制作草绳、编织草席的机器。可操作实在困难，凭我怎么也搞不定。四五年前，这片地方粮食歉收，根本没有碾米的生意，这样下去可就难办了。我每天都坐在暖炉旁抽烟，思前想后，咬牙买下这两台机器，搁在厂子角落里，试着摆弄了几次。我手脚不灵活，怎么都操作不好。这太让人失落啦。到头来一家六口只得节衣缩食地过日子。那段时间，唉，简直不晓得第二天会发生什么呀。"

N君家除了他四岁的儿子，还有三个小孩，是过世的妹妹同她战死的丈夫的遗孤。N君夫妻俩理所当然地担负起照顾这三个孩子的责任，待他们视如己出。据他夫人说，N君十分溺爱孩子。听闻三个遗孤里，老大已经考进青森工业学校念书。某个星期六，那孩子没有搭乘巴士，而是从青森步行七里路，半夜十二点回到蟹田的家中，敲着门连声喊"舅舅，舅舅"。

N君飞快下床，冲到玄关处拉开门，忘我地拥住孩子的肩，反复问他："是走回家来的吗？哎？是走回家来的吗？"随即立马转头，又急又怒地对夫人胡乱嚷道："快让孩子喝碗糖水，你再去煎块年糕，把乌冬面也热一下。"见他一叠声吩咐不停，夫人只说："孩子很累了，让他先睡一觉吧。"N君夸张地挥舞着拳头："什、什么！"这番争执来得着实莫名其妙，外甥看在眼里，不由得喷笑出声，N君也一边挥着拳头一边笑起来。于是夫人也跟着笑了。不知不觉间，方才尴尬不快的气氛烟消云散。我觉得，这段小插曲再次展现出N君宽厚笃实的品格。

"真是七上八下，风波不断哪。"我感叹，联想起自己的过往经历，忽然湿了眼眶。这位善良的友人站在工厂角落里，不甚娴熟地独自编织着草席的落寞身影仿佛历历在目。我很珍惜我们之间的情谊。

那天夜里，由于两人都如期完成了自己的工作，以此为借口，我们又坐在一块儿喝起啤酒，聊的是土地歉收的话题。N君以前是青森县乡土史研究协会的会员，家里保存着不少乡土史的相关文献。他翻开其中一本摆在我面前，说："不管怎么样，现实就是这么惨淡哪。"

如下所示，那一页记载着津轻的歉收年表，看着十分不吉利。

元和一年	大凶
元和二年	大凶
宽永十七年	大凶
宽永十八年	大凶
宽永十九年	凶
明历二年	凶
宽文六年	凶
宽文十一年	凶
延宝二年	凶
延宝三年	凶
延宝七年	凶
天和一年	大凶
贞享一年	凶
元禄五年	大凶
元禄七年	大凶
元禄八年	大凶
元禄九年	凶
元禄十五年	半凶
宝永二年	凶
宝永三年	凶

宝永四年	大凶
享保一年	凶
享保五年	凶
元文二年	凶
元文五年	凶
延享二年	大凶
延享四年	凶
宽延二年	大凶
宝历五年	大凶
明和四年	凶
安永五年	半凶
天明二年	大凶
天明三年	大凶
天明六年	大凶
天明七年	半凶
宽政一年	凶
宽政五年	凶
宽政十一年	凶
文化十年	凶
天保三年	半凶
天保四年	大凶

天保六年	大凶
天保七年	大凶
天保八年	凶
天保九年	大凶
天保十年	凶
庆应二年	凶
明治二年	凶
明治六年	凶
明治二十二年	凶
明治二十四年	凶
明治三十年	凶
明治三十五年	大凶
明治三十八年	大凶
大正二年	凶
昭和六年	凶
昭和九年	凶
昭和十年	凶
昭和十五年	半凶

即便不是津轻人，面对这份年表也禁不住叹息。自大阪夏

之阵丰臣秀吉覆没的元和元年①算起，到如今的三百三十年间，当地共出现约六十回歉收。粗略估算，每五年就会发生一次歉收。接下来，N君又找出另一本文献让我看，那上面记载着：

至翌年的天保四年②，立春吉日，冬风频过，三月上巳节，积雪未消，农家仍需雪橇载运。五月青苗生长，仅只一束，为赶农忙时序，着手插秧。然连日东风愈盛，六月入伏以来，密云重重，天色朦胧，罕有天清气朗之日。早晚天寒地冻，六月伏日仍着棉衣，入夜尤冷。适逢七月举行"睡魔祭"庆典（作者注：这是津轻每年例行的庆典活动之一，农历七夕，在临时搭建的板车上装饰描绘着武士或龙虎图案的五彩大灯笼，由当地青年打扮成民间传说或歌舞伎、狂言中的各种角色，一边拉着板车前行，一边载歌载舞地游街，且必定会在途中同其他城镇的大灯笼发生冲突，甚至争执。据传大灯笼的由来是这样的，当年坂上田村麻吕③讨伐虾夷之际，曾造出这种彩色大灯笼，引诱藏于山中的虾夷竞相争睹，乘机将其一举歼灭。我认为此种说法可信度不高。因为非但在津轻，东北各地

① 元和元年：1615年。元和是日本年号，用于1615年至1624年间。
② 天保四年：1833年。天保是日本年号，用于1830年至1844年间。
③ 坂上田村麻吕（758—811）：日本平安时代初期武将，因大破东北陆奥虾夷之功勋，受封征夷大将军。

都有此习俗。而东北地区的夏日祭上的山车，其外形也与大灯笼相去不远），道路不见蚊蚋声，屋舍内偶有耳闻，却无吊挂蚊帐之需。蝉鸣依稀，自七月六日起暑气涌现，临近盂兰盆节，可着单衣；自十三日起早稻出穗甚多，家家户户欢天喜地，以舞共庆中元；十五、十六日，日光泛白，似夜中明镜；十七日夜半，舞者散去，行人往来疏落，及至天将拂晓，厚霜忽降，稻穗倾折，往来老少，见者无不啜泣。

这番光景，除却"惨淡"，不知能用什么词形容。我们小时候，常听故乡的老人讲述饥荒时期（在津轻，将歉收称为"kegazu"，或许是"kikatsu"［饥荒］一词的方言发音）令人鼻酸的凄惨情状。那时虽然年幼不懂事，却也听得心情黯淡，哭丧着小脸。如今回到久违的家乡，竟然读到这样一份满目疮痍的记录，心中充斥的岂止是悲哀，甚至感受到某种莫名的愤怒。

"这样可不成。"我说，"说什么已经迈入科学的新时代，这些漂亮的场面话没有一点用处！连传授百姓如何预防歉收都做不到，简直太无能了！"

"不不，其实工程师们也在进行各种钻研，比方说培植耐寒的改良品种啦，插秧时期多加注意啦，如今倒是不会像从前那样颗粒无收。不过，果然还是不够啊，照旧每隔四五年就会遇上歉收。"

"太无能了。"我撇着嘴愤愤骂道，满腔愤懑，却不知究竟在生谁的气。

N君笑道："沙漠中不照样有人生活得好好的吗？你再怎么发脾气也无济于事。你看，即便是这样的土地，也能诞生独特的人情风俗呢。"

"也算不上什么独特的人情风俗吧。连一处春风荡漾的舒适之地都没有，害得我每次面对南国那些艺术家，都觉得颜面尽失。"

"即便如此，你也没败给他们呀。要知道，自古以来津轻地区便易守难攻，从未陷落他县势力范围。哪怕挨揍，也绝不认输。"

我们的先祖甫一出生便遭遇歉收，啜风饮露，在艰难困苦中长大成人，而他们的血液代代相传，至今仍在我们体内流动。春风荡漾般的美德诚然令人羡慕，我们更多只能借助先祖悲哀的血脉为养分，竭尽所能培育出瑰妍的花朵，除此以外，别无他法。或许我不该沉湎于过去、悲叹不已，而应该效仿N君，豁达地为乡民栉风沐雨的传统感到骄傲。何况如今的津轻也不会像从前那样，再次沦落为心酸凄惨的人间地狱。

第二日，我让N君带路，两人搭乘巴士沿外滨街道一路北上，在三厩停留一宿，而后途经浪花翻涌的滨海小道，抵达本州最北端的龙飞岬。三厩、龙飞之间分布着荒凉萧瑟的村落，每一家每一户，无不顽强抵抗，拼命支撑着一家生计，绝不屈服于烈风与怒涛，展示出津轻那引人同情的强健气魄。而在三厩以南的各处村落，尤其是抵达三厩、今别后，当别致明朗的海港落入眼帘，一幅从容沉静的生活画卷铺陈开来，啊，我禁不住又觉得，实在没必要兀自沉浸在往昔的饥荒阴影中心惊胆战。为了打消给本书读者带来的阴郁不快，也为了祝福我们津轻人向着光辉明快的未来出发，以下将引用理学家佐藤弘的著作中令人拍手称快的部分文字。

佐藤理学家在《奥州①产业总论》里提到：

虾夷版图甚宽，虾夷人遭受伏击会藏匿于草丛，面临追赶则遁入山间的奥州。此处地形层峦叠嶂，构成天然屏障，也阻碍了奥州的交通。奥州周围是浪高风急、不便发展海运的日本海，以及遭遇北上山脉阻断、形成多处锯齿状岬湾的太平洋。此处冬季降雪尤多，是本州最为酷寒之地，自古以来蒙受数十次歉收灾害。九州耕地面积约为整个九州岛的二成有五，与之相比，奥州耕地面积仅仅一成有半，令人哀怜。无论从哪个角度看，此处自然条件都极为不利，那么，今日的奥州要养育

---

① 奥州：陆奥国别称，今福岛、宫城、岩手、青森四县以及秋田县部分地区。

六百三十万人口，又该依据何种产业呢？

无论翻开哪本地理书，对奥州的描述都是：这是一处位于本州东北端的偏僻所在，衣食住行皆素朴粗犷。屋舍自古多以茅草、薄木板或杉树皮遮盖房顶，多数居民迄今依旧住在有着铁皮屋顶的房子里。人人裹布巾为衣，穿农村常见的劳动裤，安于粗茶淡饭，生活水准乃中流以下，云云。然而真实情况究竟如何呢？奥州这片土地当真没能发展任何产业吗？二十世纪文明以其飞速发展为傲，难道唯独抛下了奥州这片偏处东北的土地吗？不，书中描述的早已是过去的奥州。倘若要跟大家讲述现代的奥州，首先必须承认，今日的奥州拥有不逊于即将迈入文艺复兴时期的意大利的蓬勃潜力。文化也好，产业也罢，承蒙明治天皇对教育的重视，不仅让教育普及渗透至奥州的大城小镇，而且矫正了奥州人讲话所带的特有鼻音，促进了东京标准语的推广，在曾经蒙昧原始的蛮夷之地洒下文明开化的圣光。看看如今的奥州吧，居民勤劳耕作，一刻不停地开垦出片片膏田沃野；善于改良并改善畜牧业、林业、渔业，并令其日渐盛旺。何况此处地广人稀，未来的发展空间无限广阔。

灰椋鸟、野鸭、山雀、大雁等成群候鸟来此徜徉觅食，大和民族于扩张时期也从日本各地北上，抵达奥州，或征服虾夷，或于山间狩猎，或于河川捕鱼，为丰饶资源所引，四处巡游。历经数代繁衍生息，各随己愿、结庐而居，或在秋田、庄内、津轻的原野上培植稻米，或于北奥的山地植木造林，或于平原牧马，或于海滨用心渔业，为今日之繁荣隆盛奠定了产业基础。奥州六县六百三十万居民守护着先人开发的特色产业，日益精进。尽管候鸟年年迁徙，质朴的东北人民早已在此安居乐业，生产大米，贩售苹果，在绵延着郁郁葱葱森林的绿色平原上放牧良驹，驾驶满载着肥美鱼鲜的船只返回港口。

这可真是一段令人感激的奥州祝词，我忍不住想冲上前去，握住作者的手诚心道谢。

姑且说回第二日。我在N君的带领下计划从奥州外滨北上，出发之际，首先得解决酒的问题。

"酒怎么办？要不在背包里塞两三瓶啤酒吧？"夫人对我们说。我简直冷汗直冒，想着为何自己生来嗜酒如命，竟至丢人现眼的地步。

"不不，不用了。没有就没有吧，那个嘛……也不一定非要喝酒。"我支支吾吾模棱两可地回答几句，背着帆布包，落荒而逃一般冲出N君家，对从后面赶来的N君十分感慨地说道，"哎，抱歉。我一听到'酒'这个字，就冷汗直流，如坐针毡。"

N君似乎也有同感，红着脸嘻嘻笑道："我也一样。一个人在家还能忍着不喝，可一看到你的脸，觉得怎么也得喝一杯。今别的M先生从邻居那儿搜集了一些配给的酒，不如顺道去今别一趟吧。"

我心情复杂地叹了口气，道："给大家添麻烦了。"

一开始，我们计划从蟹田搭船直接前往龙飞，回程时徒步一段再搭巴士，可那天清晨东风呼啸，天气恶劣，预定搭乘的定期渡船也取消了班次，我们便更改计划，决定乘巴士前去。巴士上的乘客意外稀少，我俩轻轻松松找到位子坐下。巴士沿外滨街道北上，大约一小时后，风渐渐停了，能够望见湛蓝的天空，照这样看来，说不定定期渡船能恢复班次。总之，我们已经决定顺道去今别的M先生家，倘若渡船能顺利出航，从他家取了酒就去今别港搭船。因为往返都走同一条巴士路线，也未免太过无趣。N君指着巴士车窗外的风景一一为我解说，由于接近国防要塞，因此这里我就不详细写下N君的亲切说明了。大体来说，这一带已完全没有早先虾夷人栖居的影子。或许得益于晴朗的好天，每座村落都显得干净又明亮。京都名医橘南谿①于宽政②年间出版的《东游记》里，曾有这样的记载：

自开天辟地以来，此地尚且未有今时之太平。西起鬼界屋

_____

① 橘南谿（1753—1805）：江户时代中期名医、文人，曾于京都行医，并在日本各地游历，著有《西游记》《东游记》等纪行文。

② 宽政：日本年号，用于1789年至1801年间。

玖岛，东至奥州外滨，号令不达。远古之时，屋玖岛又称屋玖国，名如异国，奥州则有五分为虾夷人领地。及至近前，亦被视为夷人居所，南部、津轻一带多化名。外滨街道附近之村落，其名皆为虾夷发音，诸如龙飞、裹月、内松岾、外松岾、今别、内越等。内越之地，风俗迄今仍与虾夷略微相似，津轻人视其为虾夷人，轻蔑待之。依余所见，非但内越，南部、津轻一带村民多为虾夷人。唯有及早沐浴皇化恩泽，改正风俗言语，方可强过先祖，以日本人自居。如今此地礼仪文化尚未启蒙，实乃理所应当。

自该书出版到现在，已有约一百五十年光景。倘若让故去的南谿搭乘巴士，行过今日这般平坦无阻的水泥马路，或许他会呆若木鸡、纳闷不已，慨叹今时不同往日吧。

南谿的《东游记》与《西游记》是江户时代的名著，正如他在凡例中坦言：

余之漫游，乃为医学。医事相关，均属杂谈，见于别书，以示同人。唯此书记叙旅途见闻，诸事虚实尚待考证，多有谬谈。

他在书中记述的，不少近似荒唐无稽之谈，纯为勾起读者的好奇心，别的姑且不论，单说外滨附近，便有下面一则记载：

奥州三马屋（作者注：三厩的旧称）位于松前渡海之津，津轻领①之外滨，乃日本东北陆地尽头。往昔源义经从高馆出逃，欲乘船渡往虾夷之地时，曾因顺风未至，于此地逗留数日，心情急迫之余，将所持观音像置于海底岩石上，祈求顺风，于是风向逆转，义经亦得以渡往松前之地。其观音像至今仍存于当地寺院，名曰"义经祈风观音"。又因岸边有一巨大岩石，其上开有三穴，形如马厩，是为义经拴马之所，故此地名为"三马屋"。

南谿似对这则传说深信不疑，另外，他在书里写道：

奥州津轻之外滨，有一处名曰"平馆"。此地以北有岩石面向大海凸起，名曰"石崎之鼻"。越过该处往前而行，不远处即为朱谷。山峡高耸，山涧有涓涓细泉，汇流入海。此谷土石皆为朱色，故水亦朱红，湿石与旭日辉映，艳丽如花，赏心悦目。入海口之小石亦多朱色。北部海中鱼体皆赤。只因山谷

---

① 领：由藩主统辖的领地。

朱色，故海中之鱼、海滨之石，皆染赤红，能于此地同时领略自然造化之无情与有情，可谓匪夷所思。

本以为书中奇谈到此为止，没想到另有别的记载，说北海住着名为"翁鱼"的怪鱼：

体长二三里，无人目睹过其全貌。偶然浮于海面，大如若干岛屿，背鳍、尾鳍隐约可见。可吞食二三十寻①鲸鱼，犹如后者吞食沙丁鱼。此鱼既来，鲸群皆东西逃散。

又有记载道：

逗留三马屋之际，某夜，附近的老人前来与该户人家的祖父祖母相聚，围炉而坐，共话山间传说。据传二三十年前，松前海啸令人胆寒，其时原本风平浪静，雨脚亦远，不知因何缘故，天色渐沉，夜夜时有发光之物，自东西方向飞过天空，光芒日盛。至四五日前，白昼时分亦可见诸神行过天宇，或衣冠华丽御马而行，或乘龙驾云，或鞭挞犀象；其间装束，或白衣翩然，或穿红戴绿。身姿大小不一，异类异形，自东西方向

----

① 寻：长度单位，1寻约为1.8米。

横飞。我等每日皆外出膜拜，深觉不可思议，四五日后，某日夕暮时分，遥见海面隐约浮现一物，形似洁白雪山，"快看快看，又有奇妙之物显现"，众人奔走相告。此物渐次逼近，细看有扑越岛山之势，却是滔天巨浪。"是海啸，快逃。"男女老少争相逃窜，俄而浪涛涌至，屋舍农田草木鸟兽皆为其所噬，临海村落无一人生还，于是恍然大悟，原来日前诸神行过云间，是为示警，告诫众生天灾将至，望速速逃离。

作者以平易的文笔，记叙了这则不知该说是世所罕见还是恍然如梦的奇闻。关于这一带如今的景致风光，我认为还是不写为好。《东游记》中的这两三则故事，虽说荒唐无稽，不过作为古人的游记抄录一二，其宛如童话的氛围也不失为一种乐趣。下面顺便节选另一则记载，我想也许小说爱好者会感觉特别有趣：

逗留奥州津轻外滨之际，当地官员频频询问是否有丹后人滞留于此。余问及缘由，答曰，津轻岩城山神尤其厌恶忌讳丹后诸人。倘若丹后之人潜入此地，则天气骤变、风雨呼啸，船舶无法进出，津轻领主甚为苦恼。余四处游玩之际，偶遇风狂雨疾，便有官员质问是否有丹后人进入。但凡天候不佳，则有官员连番审讯，倘或丹后人入境，即刻驱逐遣返。但凡丹后诸人离开津轻，则天朗气清，风平浪静。非但当地习俗忌讳，官员亦郑重以待，实属奇事。青森、三马屋及至外滨街道诸港，尤为憎恶避忌丹后。余百思不得其解，遂探寻原委，答曰：当地岩城山乃安寿公主出生地，世代供奉安寿公主。当年公主流落丹后之国，却遭三庄太夫苛待，至今提及其国诸人，岩城山神仍怒不可遏，招风作雨。外滨街道九十余里，居民皆以捕鱼、渡船为生计，无不祈盼风调雨顺。为求天候晴好，尽皆避讳丹后之人。此习俗遍及邻近松前南部诸港，当地众人亦对丹后事事避忌。人之怨恨，竟然深刻至此！

这委实是莫名其妙的传说。想必丹后人也深感子虚乌有、委屈不已。丹后国便是如今的京都府北部一带，那里的居民要是现在来到津轻，定然遭受苛刻对待。安寿公主与厨子王的故事，我们小时候从绘本里读过，此外更有森鸥外①的杰作《山椒大夫》对此详加描绘，只要喜欢小说的人，没有不知情的。然而不少人似乎不晓得，作为那则美丽哀伤故事的主角，姐弟两人都在津轻出生，死后被供奉于岩木山。事实上，我认为这种说法也不可尽信。因为无论是当年源义经来到津轻，还是身长

---

① 森鸥外（1862—1922）：日本小说家、翻译家、评论家、军医。出生于岛根县，本名林太郎。毕业于东京大学医学部，曾赴德国留学，归国后致力于文学、医学的革新活动。代表作有《舞姬》《山椒大夫》《高濑舟》《泡沫记》等。

三里的大鱼，或是石头的朱红溶于溪流，将鱼鳞染成赤红，皆为南谿氏在书中心平气和提及的种种传说，所以关于安寿公主与岩木山的故事，也可能属于"诸事虚实尚待考证"，是不负责任的记录。原本安寿公主与厨子王是津轻人的说法，于《和汉三才图会》①的条目中也出现过。不过三才图会用汉字表述，阅读时稍显困难。上面写道："相传，昔有当国（津轻）领主、岩城判官正氏。永保元年②冬，进京时，为谗言所祸，贬谪西海。正氏在本国有二子，长姊名曰安寿，幼弟名曰津志王丸。与母流浪，途径出羽③，至越后直江浦，云云。"开篇似乎写得自信满满，结尾处却自相矛盾地记道："岩城与津轻之岩城山，南北间隔百余里，偏于岩城山供奉姐弟二人，实乃可疑。"森鸥外在《山椒大夫》中则换成这样的表述方式："离开了位于岩代信夫郡的居所。"也就是说，我认为，众人将岩城有读作iwaki的，也有读作iwashiro的，如此以讹传讹、添油加醋一番下来，便把那则传说附会到津轻的岩木山去了。不过，从前的津轻人坚信安寿公主与厨子王是津轻的孩子，并且

①《和汉三才图会》：成书于1712年的日本百科全书，由大坂（大阪旧称）医生寺岛良安编纂。书中描述日本、中国的天地人三界各物。模仿中国明朝王圻及其儿子王思义撰写的《三才图会》。全书一百零五卷共八十一册，由古汉语写成，附有插图。

②永保元年：1081年。永保是日本年号，用于1081年至1084年间。

③出羽：日本旧国名，位于今秋田县与山形县境内。

格外痛恨、诅咒山椒大夫，认为津轻天候恶劣，全是拜丹后人擅入此地所赐，此事在我们这些同情安寿公主与厨子王的人看来，倒是喜闻乐见的。

外滨的古老传说，就此按下不表。话说，我们的巴士在正午时分抵达M先生所在的今别。如前文所述，今别是一座干净明丽、颇具近代之风的港口小镇。人口接近四千。在N君的陪同下，我上门拜访M先生。不想出来开门的是他夫人，说M先生今日不在家。夫人看起来有些无精打采。我有个习惯，每逢看到别人家出现这样的情况，会立刻猜测，啊，莫非是因为我才发生了争执？所幸这个猜想有时言中，有时纯属多心。大凡作家或报社记者登门造访，往往会给善良的家庭造成不安。这种事对作家本人而言可谓相当痛苦。我认为，没有体验过此种痛苦的作家，毫无疑问是傻瓜。

"请问他上哪去了呢？"N君语气悠然地问，随即放下肩上的帆布包，"总之，请容我俩进屋休息片刻吧。"说着，擅自在玄关的式台①上坐下。

"我这就去叫他回来。"

"啊，麻烦了。"N君泰然自若地道，"他去医院了吗？"

---

① 式台：玄关入口铺有木地板的部分，主人迎送客人之处。

"嗯，我想应该是吧。"秀美娴静的夫人轻声回答，穿上木屐走出家门。M先生就职于今别的某家医院。

　　我在N君身旁坐下，两人一块儿等M先生回来。

　　"你事先和对方说过我们要来吧？"

　　"嗯，差不多吧。"N君好整以暇地抽着烟。

　　"偏生赶在午饭时间，这不大好吧。"我心里总觉得过意不去。

　　"不碍事，咱们不是带了便当过来嘛。"见他说得如此干脆爽利，我想当年的西乡隆盛①大约也不过如此。

　　不久，M先生赶了回来，脸上挂着难为情的笑容："来，快请进。"

　　"不了，我俩就不进去叨扰啦。"N君站起身道，"如果渡船恢复出航，我们打算立刻搭船去一趟龙飞。"

　　"原来如此。"M先生轻轻颔首，"那么我来打听一下今日是否有船出航吧。"

　　M先生特意为我们跑了一趟码头询问渡船班次，果然今日的船班还是取消了。

　　"那就没办法了。"我那可靠的向导仿佛一点也不气馁，

---

　　① 西乡隆盛（1828—1877）：日本江户时代末期萨摩藩（领地包括现鹿儿岛县全域与宫崎县西南部）武士、军人、政治家，通称吉之助，号南洲。幕府末年积极投身倒幕运动，与木户孝允（桂小五郎）、大久保利通并称"维新三杰"。

"请容我俩在贵府稍事歇息，吃点便当。"

"嗯，不如坐在玄关吃吧。"我心里顾虑，有些矫情地说。

"不打算进去吗？"M先生语带失望地问。

"那我们便不客气了。"N君从容不迫地开始松绑腿，"进屋再慢慢考虑后面的行程吧。"

我们去了M先生的书房，只见里面摆着一张小小的围炉①，炭火啪啦啪啦烧得正旺。书架上插着各式书籍，甚至藏有保尔·瓦雷里全集与泉镜花②全集。或许那位曾自信满满地断言"如今此地礼仪文化尚未启蒙，实乃理所应当"的南黎氏来到这儿，也会汗颜失神吧。

"家里有酒。"行止高雅的M先生红着脸道，"一块儿喝两杯吧。"

"不用不用，在这里喝酒不大好……"N君说着哧哧笑了，这家伙明摆着装糊涂。

"不碍事。"M先生敏锐地察觉到什么，"带去龙飞的酒

---

① 围炉：日本冬天置于室内地板上的四角形暖炉，供人取暖之外亦可用于生火做饭。

② 泉镜花（1873—1939）：日本小说家，出生于石川县金泽市，尾崎红叶弟子。日本浪漫主义文学的代表作家，所著小说与戏剧具有神秘、凄艳、细腻的幻想之美，代表作有《歌行灯》《高野圣僧》《汤岛之恋》《夜叉池》《天守物语》等。

已经准备妥当，一会儿便去为两位拿过来。"

"哦哦。"N君兴奋地说，"哎，不过现在开始喝酒，说不定今天就去不了龙飞啦。"

话音未落，夫人已经默默地端着酒瓶进来了。这位夫人原本便沉默寡言，我自顾自心存侥幸地想着，或许此番她也不是故意对我们做脸色。

"那就少喝一些，别醉得不省人事就成。"我对N君提议道。

"既然有酒喝，哪里能不醉呢？"N君摆出过来人的模样道，"看来，今天恐怕只能住在三厩。"

"这个主意不错。今天下午你们就在今别好好地玩，从这里慢慢散步走去三厩，我想也不过一小时吧。不管醉成什么样，准能轻轻松松走过去。"M先生也如此建议。

决定今晚住宿三厩后，接下来，我们只等着畅饮美酒。

打从进到书房，我便对某件东西格外在意。那是一本随笔集，而作者不巧便是我在蟹田时口无遮拦讲过他坏话的那位五十多岁的作家。此刻，那本随笔集正规规矩矩地躺在M先生的书桌上。看来真正的书迷果然很了不起，那日我在蟹田的观澜山上批评这位作家，不仅言语不敬，还把他数落得一无是处，竟然丝毫没有动摇M先生对他作品的信赖。

"这本书借我看看。"我实在有些介意，情绪浮躁，终于忍不住问M先生借阅那本随笔集。随手翻开后，就着某处细细阅读起来。我怀着找茬挑错的心思，想着找到了就要高奏凯歌一曲，然而我阅读的篇目仿佛碰巧是那位作家精心缀写而成，一点破绽都找不出。我沉默地读着，一页，两页，三页，终于读到第五页，我把书扔在一旁。

"目前读过的部分，还算写得不错。可他别的作品的确不够好。"我不服气地道。

M先生面露喜色。

"都怪这本书装帧太豪华了。"我小声地、依旧不服气地道，"用上这么典雅的纸张，这么大号的铅字印刷，想必大部分人写的文章读起来都会很精彩。"

M先生没有反驳，只是无言地笑着。那是胜利者的微笑。然而说实话，我的内心并没有嘴上那么不情不愿。读完一篇好文，我就感觉释怀了。比起找茬挑错高奏凯歌，一篇好文不晓得有多令人欣喜。这并非撒谎。我时常期望能够读到好文章。

今别这里坐落着一座有名的寺院，叫作本觉寺。据说从前一位法号贞传的和尚是寺院的住持，使得寺院远近闻名。贞传和尚的事迹，在竹内运平氏的著作《青森县通史》中亦有记载：

贞传和尚乃今别新山甚左卫门之子，早年拜入弘前誓愿寺为弟子，不久后赴磐城平专称寺修行十五年，二十九岁时任津轻今别本觉寺之住持，直至享保十六年①四十二岁。其教化范围，遍及津轻地区及邻近诸县。享保十二年②，修建金铜舍利塔供奉，除津轻本藩领地，南部、秋田、松前等地善男信女皆云集于此，顶礼膜拜。

"不如待会儿你便同我去那座寺院稍微转转吧？"担当我的外滨向导的町会议员N君出言提议，"其实要这么谈论文学也无妨，不过，你的文学思想向来非同一般，总觉得有那么一股子别扭奇怪的味道。所以，无论花多长时间，你也不可能变成有名的作家。说起贞传和尚，"N君早已喝得烂醉，"说起贞传和尚呀，他可是早早地把佛教教义抛到一边，首先考虑的是为民众的生活谋福祉。要是他不这么做，你瞧瞧民众会不会听信所谓的佛教教义。贞传和尚呢，做的就是产业振兴，做的就是……"话未说完，他自己倒先笑了起来，"哎呀，总之我们先到寺院转一圈吧。来了今别却不逛逛本觉寺，实在说不过去哪。贞传和尚是外滨的骄傲。当然，话虽如此，老实说我还一次都没去过本觉寺呢。这倒是个好机会，不如就趁今天见识

---

① 享保十六年：1731年。享保是日本年号，用于1716年至1736之间。

② 享保十二年：1727年。

见识吧。我们一块儿去，怎么样？"

我本想坐在书房一边喝酒，一边与M先生聊聊我"有那么一股子别扭奇怪的味道"的文学思想，而M先生似乎也乐意一谈，不承想N君对贞传和尚的热情难以招架，在他的感染下，我们终于站起身，打算前往本觉寺。

"那就这样吧，我们顺道去本觉寺参观，之后直接散步去三厩。"我坐在玄关的式台上系绑腿，同时邀请M先生，"怎么样，你意下如何？"

"那么，便容在下陪二位前往三厩。"

"真是太感谢了。照这样看，我们的町会议员今夜会在三厩的旅馆里大谈蟹田町政，心里实在郁闷。有你一块儿，我感到踏实不少。夫人，今晚您的夫君就借给我们啦。"

"好。"夫人微微一笑，应声道。看那模样似是有些习惯我们的言谈嬉笑。不，或许她只是拿我们没辙罢了。

我们请夫人将酒倒进各自的水壶里，兴高采烈地上了路。途中，N君啰啰唆唆地反复嚷着贞传和尚贞传和尚，吵得人受不了。待能看见本觉寺的屋顶时，我们遇到一位卖鱼的大娘，她身后的板车装满各种鱼鲜。我发现其中有一条长约两尺的鲷鱼。

"那条鲷鱼多少钱？"我根本拿不准价格。

"一日元七十钱。"

我觉得挺便宜，没怎么多想便买下了。然而买完反应过来，该怎么处理它好呢？待会儿是要去寺院的。拎着两尺长的鲷鱼走进寺院，未免太奇怪。我一筹莫展。

　　"瞧你都买了什么，不嫌麻烦嘛。"Ｎ君撇撇嘴，轻蔑地对我说，"你买它来做啥？"

　　"呃，我估摸着到了三厩的旅馆，可以拜托厨子把它整条用盐烤了，再盛在大盘子里，咱们三个一块儿吃呀。"

　　"你啊，成天净琢磨些稀奇古怪的事。那样一来，和办婚礼有什么区别？"

　　"可是，用一日元七十钱就能换来些微的奢侈，不是很难得吗？"

　　"哪里难得了！一日元七十钱在这边算是卖了高价。你实在不会买东西哪。"

　　"是这样吗？"我垂头丧气地嘟囔。

　　终究我仍是拎着那条两尺鲷鱼，走入寺院。

　　"怎么办啊？"我小声同Ｍ先生商量，"这鱼可不好处理。"

　　"我想想。"Ｍ先生认真思索片刻，"我去问寺院要些报纸之类的吧。你在这里稍微等等。"

　　Ｍ先生去了寺院厨房，不多时拿着报纸和绳子回来，将那条棘手的鲷鱼包起来塞进我的帆布背包里。我松了口气，这才有心情观赏寺院的山门，发现它并无特别新奇之处。

"也不是什么了不得的寺院嘛。"我低声对N君道。

"不不，你这话就错了。比起外观，它的里面更值得一看。总之，我们先进寺院去，听听方丈的介绍吧。"

我心情有些沉重，不情不愿地跟在N君身后走着，接下来却吃足了苦头。寺院的方丈有事外出，前来迎接的是一位五十岁左右、女主人模样的人。她将我们领至本堂，开始进行一番冗长枯燥的介绍。我们不得已端端正正挺直了背脊，跪坐在地，神情恭敬地聆听。好不容易介绍告一段落，我暗自高兴，就要站起身来，N君却膝行向前，问道："如此看来，我想再请教一个问题。这座寺院究竟是贞传和尚于何时修筑的呢？"

"您在说什么呀？这座寺院可不是贞传上人创建的呢。贞传上人是这座寺院的第五代高僧，是寺院的中兴之主。"接下来，对方又展开一连串冗长的说明。

"原来如此啊。"N君惊讶地睁大眼睛，"这么说，我还想再请教一下，这位贞'创'和尚……"他居然说成了贞"创"和尚，根本就是乱七八糟。

N君沉浸在自己的狂热里，再次膝行上前，几乎快挨上老妇人的膝盖，两人一问一答，聊得没完没了。外面天色渐暗，也不知等一会儿还能不能走到三厩，我心里开始发慌。

"那边有块珍贵的匾额，是大野九郎兵卫①大人亲手所书。"

"是这样吗？"N君感叹道，"说起大野九郎兵卫大人——"

"您听说过吧，他是一位忠臣义士。"看样子又得扯到忠臣义士去了。"那位大人是在这里辞世的，享年四十二岁。听说是位非常虔诚的教徒，时常为这座寺院捐赠香火钱——"

这时候，M先生终于站起身，走到女主人面前，从衣服的内侧口袋里掏出白纸小包递给她，沉默礼貌地行了礼，然后对N君小声说："咱们差不多该走了……"

"哦，好，我们回去吧。"N君浑然不觉地道，"多谢您的详细解说。"他对女主人道了谢，总算站起身。离开寺院后，我们问他到底聊了什么，他却说女主人的话自己一个字都不记得了。我们简直目瞪口呆。

"你不是热情洋溢地连问了好些个问题吗？"我们说。

"哎，她说的那些我都当耳旁风了。我不是喝醉了嘛。我还以为你们很想知道寺院的各种历史，这才捺着性子充当女主人的聊天对象。我才是牺牲者呀。"

_____

① 大野九郎兵卫：生卒年未详，江户时代中期赤穗藩浅野家家臣。1701年"赤穗事件"后，藩主浅野长矩切腹，大野九郎兵卫在复兴浅野家的问题上与另一家臣大石良雄意见相左而出逃。

你那牺牲之心当真多此一举。我不禁腹诽。

待抵达三厩的旅馆，已是日暮时分。我们被领到二楼一间临街的别致客房。外滨的旅馆都很高级，与街市的氛围有些不搭调。站在房里立刻能够望见大海。小雨淅淅沥沥地落下，海面白茫茫，风平浪静。

"这里真不错。正好也有鲷鱼，不如一边欣赏雨中的大海，一边悠闲地喝几杯吧。"我从背包里拿出包着鲷鱼的报纸包，把鱼交给女侍，"这是鲷鱼，麻烦整条都用盐烤了送过来。"

这位女侍看上去不大伶俐，只是简洁地应了一声"好"，便心不在焉地接过鲷鱼，走出客房。

"你记清楚了没？"N君似乎和我一样，有些不放心那位女侍，出声叫住她，再三叮嘱，"要整条用盐烤了。虽然我们有三个人，但鱼就不用切成三份了，记住千万别切成三等份哟。听明白了？"N君的说法实在不算高明。女侍再次短短地应了一声"好"，模样看上去果然让人很不放心。

不久，饭菜送来了。不太伶俐的女侍面无表情地告诉我们，鲷鱼已经撒了盐，正在炉子上烤着，今天旅馆里没有酒。

"没办法，那就喝我们自己带来的酒吧。"

"只好如此啦。"N君性急地拿起水壶，"麻烦送两个酒壶和三只酒杯过来。"

就在我们开玩笑地说酒杯多送几只也无妨的时候，鲷鱼端上来了。N君再三叮嘱的"千万别切成三等份"导致一个让人哭笑不得的结果——鲷鱼的头部和尾部皆被切下，鱼骨也剔除得干干净净，只剩五块用盐烤好的鱼肉，摆在毫无风情的褪色盘子里。我绝对没有挑剔食物的意思，也不是因为想吃鲷鱼才买下它。我想读者应该能领会我的心思。我只是希望厨子将整条鱼烤好，盛在大盘子里供我们欣赏而已，吃不吃鱼倒不重要。我希望一边欣赏它一边喝酒，享受悠闲自在的气氛。尽管N君"千万别切成三等份"的说法着实古怪，然而厨子竟自作主张地把鱼切成了五块，这种迟钝的反应气得我愤懑不已、捶胸顿足。

"这条鱼被糟蹋得惨不忍睹。"我望着五块愚蠢地堆在盘里的烤鱼肉（那已经不能称之为鲷鱼，只是单纯的烤鱼而已），简直想哭。要是拜托厨子把它切成刺身，至少还看得过去。等等，这条鱼的头和骨头去哪儿了？那可是一颗气势十足的鱼头，莫非被直接扔掉了？这间旅馆明明处在鱼鲜丰美之地，居然不懂得如何对待海产，连最适当的料理方法也一窍不通。

"别生气啦，鱼烤得很香哟。"秉性圆融的N君满不在乎地用筷子夹起烤鱼对我说。

"是吗？那你一个人都吃了吧。你吃吧，我才不吃呢。谁要吃这么蠢的烤鱼啊。说起来都怪你不好，说什么'千万别切成三等份'，都是因为你装模作样地用在蟹田町会预算总会上发言的口吻来解释，那个反应迟钝的女侍才被弄糊涂了。都怪你。我可恨死你啦。"

N君好脾气地哧哧笑道："不过，这样不是很开心吗？我说不用切成三等份，对方就切成五等份。真是有趣呀。这里的人很有意思吧。来来，干杯，干杯，干杯。"

我不知所以地被迫干了杯，或许是由于鲷鱼被毁带来满腔愤懑，很快酩酊大醉，险些乱撒酒疯，一个人迅速躺进了被窝。现在回想起来，我依然为那条鲷鱼深感不平。哪有那么迟钝的厨子啊？

第二天清晨起床，雨仍在落着。走下楼，旅馆的人告诉我们，今天还是没有船。看来要到龙飞，只得沿着海岸线步行前往。我们打算等雨停了立刻出发，于是又钻进被窝闲聊，等待天空放晴。

"从前有一对姐妹。"我忽然开始讲起童话故事——母亲给了姐妹俩相同数量的松果，告诉她们就用这些松果生火蒸饭并煮汤。吝啬谨慎的妹妹把松果一颗一颗扔进炉灶里烧火，别说煮汤了，连米饭都没法蒸熟。姐姐性格稳重，不拘小节，毫不吝惜地把得到的松果全倒进炉灶里，火苗燃得很旺，米饭也很快蒸熟了，接着又利用余烬煮好了汤。

"你们听过这个故事吗？喂，喝酒吧。昨晚不是还留了一壶，打算带去龙飞吗？把它拿来喝了吧。再怎么吝啬小气，酒也是会被喝光的。还不如大方些，一口气把它喝掉，不是吗？如此一来，说不定还能留下余烬呢。不对，没有余烬也无妨。只要去了龙飞，总会想到别的办法。况且在龙飞也不一定非要喝酒。不喝也不会死嘛。躺在被窝里，滴酒不沾，安静地思考往昔和将来，不也挺好吗？"

"好好，我明白啦。" N君猛地从被窝里起身，"一切都照故事里姐姐的方法做吧。一口气干了它！"

于是，我们钻出被窝，围炉而坐，用铁壶热了酒，一边等待雨停，一边把剩下的酒一滴不漏地尽数喝光。

正午时分，雨停了。我们用了一顿有些迟的早饭，收拾行李准备出发。是个阴天，空气泛着微微的寒凉。在旅馆前同M先生话别，我和N君一块儿向北行去。

"要不要爬上去看看？"N君在义经寺的石头鸟居前站定，鸟居柱子上刻有松前某位捐赠者的姓名。

"嗯。"

我们穿过鸟居，沿着石阶拾级而上，距离顶端还有相当长的距离。石阶两侧树木葱茏，雨滴从梢头无声落下。

"就是这里了吧。"

石阶尽头的小山顶上赫然立着一座古旧的祠堂。门扉上装饰着源氏家族的笹龙胆家纹①。不知为何，我感到有些不快，再次出声询问："就是这里吗？"

"就是这里了。"N君心不在焉地回答。

"往昔源义经从高馆出逃，欲乘船渡往虾夷之地时，曾因顺风未至，于此地逗留数日，心情急迫之余，将所持观音像置于海底岩石上，祈求顺风，于是风向逆转，义经亦得以渡往松前之地。其观音像至今仍存于当地寺院，名曰'义经祈风观音'。"

前文提到的那本《东游记》里记载的寺院正是这一座。

我们默默地走下石阶。

"你看，这里的石阶上到处分布着浅浅的凹坑吧？相传都是弁庆②的足印，还有义经坐骑的蹄印呢，不过究竟怎么回事，谁也说不清楚。"N君说着，无奈地笑了。对于他的说法，我很想相信，却实在找不到理由说服自己。走出鸟居，只见不远处耸立着一块岩石。《东游记》里亦有记载："又因岸边有一巨大岩石，其上开有三穴，形如马厩，是为义经拴马之所，故此地名为'三马屋'。"

我们匆匆路过那块巨石。对于故乡的这些传说，我没来由

---

① 家纹：家族专用纹章，始于平安时代中期。家纹即一个家族的标志。

② 弁庆，即武藏坊弁庆（1155—1189），日本平安时代末期僧兵，源义经家臣，身材魁梧、骁勇善战，是日本传统武士道精神的代表人物。

地感到一阵羞愧。

"在镰仓时代，他二人肯定会被视为从外地流浪而来的不良青年组合，为了掩饰什么秘密，于是一个自称九郎判官^①，另一个满脸胡须的家伙则自称武藏坊弁庆，一路诓骗乡下姑娘好让他们借宿一晚。看起来，津轻有不少关于义经的传说。搞不好不只是镰仓时代，就算到了江户时代，也有人扮成义经和弁庆，在这边四处流浪。"

"可是扮演弁庆的那个人，不会觉得无聊吗？"N君的胡子比我的更浓密，大约此刻他有些不安，生怕被强迫扮演弁庆，"途中他不得不背着七种武器，简直重死了，又麻烦又费力。"

我俩天南海北不着边际地闲聊。我幻想着两个不良青年无拘无束的放浪生活，觉得颇为有趣，禁不住心生向往。

"这附近能看到许多美人呢。"我低声道。

沿途经过好几座村落，不经意瞥去，总能从屋舍下方的阴影里瞧见年轻姑娘的身姿。那些白皙的面孔从眼前稍纵即逝。姑娘们打扮得清爽整洁，气质娴静文雅，手足鲜有粗糙之感。

"是吗？你这么一说，好像的确如此。"像N君一般对女人视而不见的男子真是世间少有。他只会全心全意沉浸于

———————————

① 九郎判官：源义经的别名。

美酒。

"恐怕如今再自称义经，也没人会信了吧。"我犯傻似的胡思乱想。

起初，我们还会这样有一搭没一搭地聊着无足轻重的话题，优哉游哉地走路，渐渐地，两人加快脚步，犹如竞走，再也顾不上说话。在三厩喝的酒已经不管用，此刻宿醉全消，只觉空气冰冷彻骨。不抓紧时间赶路可不行。我俩神情严肃，步履匆匆。海风渐次猛烈。好几次我的帽子差点被吹走，每次我都用力往下拽一拽帽檐，最后把人造棉的帽檐拽破了。小雨渐渐沥沥，时有时无。乌云沉沉覆盖着天空。我们走在海岸小径上，海浪变得汹涌，时而卷起飞沫扑上脸颊。

"这条路现在已经很好走了。六七年前路况糟糕得多，好几个地方必须等退了潮立马穿过。"

"可就算是现在，晚上也没法走吧。一步也没法走。"

"对，晚上还是不行的，哪怕是义经和弁庆也不行哪。"

我们肃然讨论着这个话题，脚步一刻不停。

"走累了吗？"N君回头问道，"你脚力还不错嘛，真是出人意料。"

"嗯，我也不算老呀。"

大约步行了两个小时，不知为何，周遭风景变得异样凄凉，甚至给人"凄怆"之感。那已经不能称为风景。所谓风景，是指在漫长岁月里，得到众人的观赏与描摹，经由人类双眼的观察变得温柔，经由人类的驯养变得亲近，即便落差三十五丈的华严瀑布①，也形如笼中猛兽，从中可隐约感知人的气息。至于古来出现在绘画、和歌、俳句中的名胜险境，无一例外染上了人类的表情。而在这处本州最北端的海岸，根本不存在风景，也看不到任何用作点景②的人物。倘若勉强要摆放点景人物，不过是借一位阿伊努老人放在这里罢了，且他必然披着白色树皮织就的衣服。如我这般身着紫色夹克外套、容貌阴柔的男人，肯定连一片衣角都找不到。这里既不能描绘为画，又无法吟咏成歌，所有不过岩石与海浪。记得大约是冈察洛夫③吧，在大海上航行时曾遭遇暴风雨，老到的船长对他说："请到甲板看看吧。这样巨大的风浪到底应该如何形容呢？你是文学家，面对如此滔天巨浪，想必一定能找到最精彩的形容词。"冈察洛夫凝视着海浪，深深叹息，只说了一句话："它令人恐惧。"

正如找不到任何文学性的词语来准确形容大洋的激浪、

---

① 华严瀑布：位于今栃木县日光市，是日光国立公园的游览胜地。

② 点景：山水风景画中为突出整体氛围，用作装饰点缀的景物或人物。

③ 冈察洛夫：全名伊万·亚历山德罗维奇·冈察洛夫（1812—1891），19世纪俄罗斯最著名的批判现实主义小说家之一，代表作有《平凡的故事》《奥勃洛莫夫》《悬崖》等。

沙漠的暴风，本州这条海岸小径上的岩石与海水也只会让人感到恐惧。我移开目光，盯着脚下专心赶路。大约还有三十分钟就能抵达龙飞，我幽幽一笑，说："早知如此，就不该把酒喝光。我猜龙飞的旅馆里没有酒，眼下又天寒地冻的……"我不由得抱怨出声。

"没错，我也这么想。再走一会儿，就能看到我一位旧相识的家了。说不定他家还剩一些配给的酒。毕竟他家没人喝酒。"

"去试试看吧。"

"嗯，果然没酒是不行的啊。"

N君的那位老朋友住在紧邻龙飞的村落。N君摘了帽子走进他家，没多久，强忍着笑意回来了。

"我们运气不错。他给我的水壶装满了酒，足有五合①以上。"

"这便是所谓的'余烬未灭'吧。走吧。"

再坚持一下就好。我们猫着腰，对抗着凛冽的寒风，小跑般向着龙飞突进。道路越来越狭窄，不经意间，我一头撞进一座鸡舍，瞬间一愣，不知遇上了什么。

"我们到龙飞了。"N君语气怪异地说。

---

① 合：尺贯法容积单位。1合为1升的十分之一，约0.18升。

"就是这里？"我定下神来，四下环顾，原来方才以为的鸡舍就是龙飞的民居。为了对抗疾风暴雨，此地修筑房屋时，刻意让小小的屋舍一间紧挨一间，相互庇护支撑。这里堪称本州的极地，而村落便位于本州陆地的尽头。再往前走，人会掉进大海。即是说，前方再也没有道路。这里就是本州的死胡同。诸位读者也请铭记于心，当你们向北而行时，只要沿着这条路不断往上走，一直往上走，一定能够抵达外滨街道。当道路变得越来越狭窄，再继续往上，会砰的一声落进这个鸡舍般不可思议的世界，到了这里，诸君的路便已行至尽头。

"任谁都会吓一跳，对吧？我啊，第一次来到这儿的时候吓出一身冷汗呢，还以为自己闯进别人家的厨房了。"N君说。

然而，此地正是不可或缺的国防要塞，关于这座村落的更多信息，我必须避免谈论。穿过村里的小巷，我们来到旅馆。一位老太太前来迎接，领着我们进屋。这家旅馆的房间完全出乎我的意料，布置得十分整洁漂亮，绝不是用薄木板随意搭建的。我们第一件事便是换上暖和的棉和服，盘腿坐在小小的围炉边，总算有了脚踏实地的感觉。

"请问……旅馆里有酒吗？"N君问老太太，语气沉稳，似是经过深思熟虑。老太太的回答让我们大吃一惊。

"嗯，有的。"这位老太太身材纤长、气质优雅，语调很平静。

N君苦笑道："可是，老太太，我们想稍微多喝一些。"

"请别客气，想喝多少有多少。"她微笑着说。

我和N君对视一眼，非常怀疑这位老太太或许不大清楚，如今这个世道，酒可是贵重物品。

"今天发配给酒，有些邻居不喝，我便去收集了一些回来。"说着，老太太用手比画着收集酒的动作，又张开双臂，模仿怀抱好几个一升酒瓶的样子，"我家那位刚刚抱回这么多呢。"

"要是有这么多的话，完全够了。"见此情景，我总算放下心来，"我们用这把铁壶热酒，请马上送四五瓶清酒……不，还是不用麻烦了，直接送六瓶来吧。"趁老太太尚未改变心意，多讨要一些清酒比较实在，"饭菜待会儿再准备。"

老太太依照嘱咐，用托盘送来六瓶清酒，就在我们喝掉一两瓶后，饭菜也做好端来了。

"请慢用。"

"谢谢。"

没一会儿，六瓶酒便被我和N君喝得一滴不剩。

"这就没了吗？"我惊讶地说，"咱们喝得也太快了，简直快得不得了。"

"竟然喝了那么多？"N君同样神情讶然，摇着一个一个的空酒瓶确认，"没了。看来真是天太冷，咱俩喝得无所顾忌。"

"刚才可是每瓶都装得满满的，快要溢出来呢。喝得这么快，要是再拜托老太太送六瓶过来，她一定会以为我们是怪物，搞不好还会害怕，求我们饶过她家的酒之类，那可就糟糕了。我看不如现在把咱们自己带来的酒热了喝，等会儿再另外叫六瓶酒。今晚，我和你就在这个本州最北端的旅馆里，痛快干脆地喝到天亮吧。"我说。

结果我这不怎么明智的提议，成了当晚最大的失败。

我们把水壶里的酒倒进酒瓶，这一次尽可能喝得慢些。喝着喝着，N君忽然醉醺醺地说道："不行了，今晚我可能要喝醉。"他何止可能要喝醉，根本就已醉得很厉害。"不行啦。今晚……我要喝醉了。可以吗？我可以喝醉吗？"

"喝醉也没关系啦，今晚我也是打算不醉不归。来，咱俩慢慢地喝。"

"我来唱首歌吧。我的歌，你还一次都没听过吧。我很少唱歌。但是，今晚我想唱一首。喂，你说，我唱一首……怎么样？"

"真是拿你没办法。我就洗耳恭听吧。"我下定决心似的说。

"几重山与河……" N君合上眼，开始低声吟唱若山牧水^①的那首旅歌。比我想象的好听多了。我默默听着，内心涌起些许感动。

"你觉得怎么样？会不会很奇怪？"

"不奇怪，我还有点儿感动呢。"

"那么，我再唱一首。"

这回他却唱得荒腔走板。或许是因为来到本州最北端的旅馆，心境豁然开朗，后来他竟扯开嗓子嘶吼般唱起来。

"在东海小岛的礁石边……"他开始唱石川啄木^②的歌，歌喉之粗犷豪放，连屋外呼啸的风声都被遮了过去。

"唱得真糟糕啊。"我说。

"很糟糕吗？那么，我重新唱一遍。" N君深深吸了口气，用更加洪亮的声音吼起来，结果把歌词错唱成"东海礁石边的小岛"，接着不知为何，突然开始吟咏《增镜》^③的和歌：

---

① 若山牧水（1885—1928）：日本自然主义歌人，出生于宫崎县，早稻田大学英文系毕业，师事尾上柴舟，积极推进自然主义文学短歌，代表作有《海之声》《别离》《山樱之歌》等。

② 石川啄木（1886—1912）：日本歌人、诗人、评论家，原名石川一，代表作有评论《时代闭塞的现状》、短歌集《悲哀的玩具》等。

③ 《增镜》：记述日本南北朝时代史实的诗歌，共十七卷，叙述从后鸟羽天皇即位（1180）到后醍醐天皇自隐岐岛还幸（1333）约150年间的历史。成书于1368年至1375年间，相传作者为二条良基。《增镜》与《大镜》《今镜》《水镜》并称"日本史学四镜"。

"为昔书史，镜鉴今朝。"他的声音时而像呻吟，时而像呼喊，时而像怒吼，简直不得章法一塌糊涂。我心下忐忑，只求里屋的老太太千万别听见才好。不幸的是，纸拉门唰的一声被拉开，老太太果然走了进来。

"好了，歌也唱完了，差不多该休息了吧。"说着，她撤下饭菜，动作利落地铺好被子。看来，她真是被N君豪放不羁的歌喉吓得魂不附体。我原本打算继续痛快地喝酒，这下可好，没意思极了。

"唱得太刺耳了，你的歌要多难听有多难听。早知道这样，唱一两首不就好了吗？你那惊天动地的破嗓子，是个人都会吓破胆吧。"我唠唠叨叨抱怨个没完，只差哭着进入梦乡。

第二天清晨，我躺在被窝里，隐约间有女童的歌声婉转飘来。这日风雨止歇，晨曦斜斜洒进屋中。女童正在外面的小街上唱着手毽歌①。我抬起头，侧耳倾听。

采，采，采

夏日临近烟波绿

八十八夜②摘茶新

---

① 手毽歌：手毽是用线做成的小球，手毽歌即拍着手毽唱的童谣。下文引用歌词出自童谣《摘茶歌》。

② 八十八夜：日本节气，以立春初日起算的第八十八天，为农户采茶时节。

110

山风迟迟频过野

　　惟见紫藤做旧邻

　　我按捺不住飞扬的思绪。至今中部地区的人们依然轻蔑地认为，本州北端乃虾夷的土地，却想不到在这里也能听见如此婉转清越的歌谣。

　　诚如前文提及的佐藤理学家所言：

　　倘若要跟大家讲述现代的奥州，首先必须承认，今日的奥州拥有不逊于即将迈入文艺复兴时期的意大利的蓬勃潜力。文化也好，产业也罢，承蒙明治天皇对教育的重视，不仅让教育普及渗透至奥州的大城小镇，而且矫正了奥州人讲话所带的特有鼻音，促进了东京标准语的推广，在曾经蒙昧原始的蛮夷之地洒下文明开化的圣光，看看如今的奥州吧……

　　在女童天真动人的歌声里，我再次切实体味着这一段描述，它们与希望的曙光相辉映，让人不由得浮想联翩。

四　津轻平原

【津轻】　本州东北端朝向日本海一侧地区的古称。齐明天皇时代，越①之国司②阿倍比罗夫③治理出羽地方的虾夷之地，及至䏏田（现今秋田）、淳代（现今能代）、津轻，遂至北海道。"津轻"之名始见。后派当地酋长担任津轻郡的郡领。当此之时，遣唐使坂合部连石布④携虾夷以示唐朝天子。随行官员伊吉连博德应天子垂问，解说虾夷之种类，言虾夷分为三种，一为邻近的熟虾夷，二为较次的荒虾夷，三为远方的都加留。其余虾夷皆被视为其他种族，另行对待。"津轻虾夷"的称呼，屡屡散见于元庆二年⑤出羽之夷叛乱之际。其时，将军藤原保则⑥平定叛乱，从津轻至渡岛，令未曾归顺之前代异族繁衍的虾夷人尽数归附，渡岛即如今的北海道。津轻

---

① 越：日本古代对日本海沿岸敦贺湾至津轻半岛一带的通称。

② 国司：日本律令制下，中央派遣到地方诸国主持当地政务的官员，通常由中央贵族轮流担任，其下有守、介、掾、目四等官职。

③ 阿倍比罗夫：生卒年未详，齐明天皇时代武将。

④ 坂合部连石布（？—659）：齐明天皇时代遣唐使。

⑤ 元庆二年：878年。元庆是日本年号，用于877年至885年间。

⑥ 藤原保则（825—895）：日本平安时代前期廷臣，878年出任出羽权守，镇压虾夷叛乱。

归属陆奥，是在源赖朝平定奥羽①并将其纳入陆奥②国之后的事。

【青森县沿革】 本县之地域，至明治初年，合岩手、宫城、福岛诸县为一国，称作陆奥。明治初年，此地计有弘前、黑石、八户、七户及斗南五藩。明治四年③七月，废除各藩，改为县制。同年九月，府县废合，一度并入弘前县。同年十一月弘前县废除，改置青森县，由其统一管辖上述各藩，后将二户郡归入岩手县，至今依然。

【津轻氏】 系出藤原氏。镇守府将军藤原秀乡④第八世孙藤原秀荣⑤于康和⑥时期，领有陆奥津轻郡之地，后在津轻

---

① 奥羽："奥"即陆奥，"羽"即出羽，均为日本旧国名。出羽国位于日本本州东北部，1868年划分为羽前、羽后二国，地域覆盖今山形、秋田二县。

② 陆奥：日本旧国名，位于日本本州东北部。历史上陆奥国界变动情况较为复杂，与出羽国接壤的界线（今秋田县北部）不甚分明。原本地域覆盖今青森、岩手、宫城、福岛四县全域及秋田县部分地区，1868年出羽国划分为羽前、羽后两国，陆奥国划分为陆奥、陆中、陆前、岩代、磐城五国，五国中的陆奥仅含今青森、岩手二县部分地区。

③ 明治四年：1871年。

④ 藤原秀乡：生卒年未详，日本平安时代中期关东地区豪族、镇守府将军。

⑤ 藤原秀荣：生卒年未详，奥州藤原氏第二代当主藤原基衡次子，兄长为第三代当主藤原秀衡，分家后居于十三凑，修筑福岛城，是十三藤原氏之祖。

⑥ 康和：日本年号，用于1099年至1104年间。

十三湊建城而居，以津轻为家族姓氏。明应①年间，近卫尚通②之子政信继任家主。至政信之孙为信时代，政绩不凡，其子孙分作诸家，为弘前、黑石旧藩主。

【津轻为信】 战国时代武将。其父为大浦甚三郎守信，其母为堀越城主武田重信之女。生于天文十九年③正月。幼时名扇。永禄十年④三月，为信年满十八岁，被伯父津轻为则收为养子，被近卫前久收为义子，娶为则之女为妻。元龟二年⑤五月，与南部高信交战并斩之。天正六年⑥七月二十七日，征伐波冈城主北畠显村，并其领地，顺势攻略临近诸邑。天正十三年大体统一津轻地区。天正十五年前往京都拜谒丰臣秀吉，途中遭遇秋田城介⑦安倍实季堵截，未果而返。天正十七年赠鹰、马于丰臣秀吉，以示交好。天正十八年征伐小田原，迅速接应丰臣秀吉军队，受领津轻、合浦、外滨一带。天

---

① 明应：日本年号，用于1492年至1501年间。

② 近卫尚通（1472—1544）：日本室町至战国时代公卿、关白（日本平安时代以来的官职，是辅佐天皇、统摄朝政的重臣）、歌人，关白近卫政家之子。

③ 天文十九年：1550年。天文是日本年号，用于1532年至1555年间。

④ 永禄十年：1567年。永禄是日本年号，用于1558年至1570年间。

⑤ 元龟二年：1571年。元龟是日本年号，用于1570年至1573年间。

⑥ 天正六年：1578年。天正是日本年号，用于1573年至1592年间。本段中的天正十三年为1585年；天正十五年为1587年；天正十七年为1589年；天正十八年为1590年；天正十九年为1591年。

⑦ 秋田城介：日本平安时代以来的官职，为管制出羽虾夷而设置的秋田城负责人。

正十九年出兵平叛九户之乱，文禄二年①四月上京拜谒丰臣秀吉及近卫家，获准以牡丹花为徽章。其后顺势被派往肥前名护屋，犒慰丰臣秀吉军阵。文禄三年②正月任从四位下右京大夫。庆长五年③关原合战中，派兵出征，并随德川家康军队西上，于大垣作战，加封上野国④大馆二千石。庆长十二年⑤十二月五日，卒于京都，享年五十八岁。

【津轻平原】 横跨陆奥国南部、中部、北部，属津轻郡管辖范围。境内岩木川位于河谷地带。东起十和田湖西畔，北至津轻半岛之山脊附近，南以归属羽后国的矢立岭、立石越为界，西有岩木山脉与海岸沙丘（称作屏风山）阻隔。岩木川干流源自西部，南来之平川与东来之浅濑石川与其在弘前市北部汇合，流向正北方，注入十三潟后入海。平原广袤无垠，南北长约十五里，东西宽约五里，北部相对狭窄，至木造、五所川原，仅余三里，至十三潟川岸，仅余一里。此间地势低平，支流沟渠密如网织，青森县稻米大多产于该平原。

（以上摘自《日本百科大辞典》）

---

① 文禄二年：1593年。文禄是日本年号，用于1592年至1596年间。

② 文禄三年：1594年。

③ 庆长五年：1600年。

④ 上野国：今群马县。

⑤ 庆长十二年：1607年。

关于津轻的历史，熟知它的人并不多，甚至有人将陆奥、青森县与津轻混为一谈。这也难怪，我们在学校学习时，日本历史教科书上只在极不显眼的一处轻描淡写地提过"津轻"一词，即阿倍比罗夫讨伐虾夷的那段，书上说"孝德天皇驾崩，齐明天皇重新即位，中大兄皇子继续以皇太子身份辅佐朝政，派遣阿倍比罗夫领兵平叛现今的秋田、津轻地区"。尽管这里白纸黑字地印着"津轻"二字，然而翻遍全书，此页前后均未再出现这个词。小学教科书也好，初中教科书也罢，甚至高中讲义里，除了阿倍比罗夫那段，再也不曾提过"津轻"这一地名。皇纪五百七十三年，崇神天皇派遣四道将军①前往北陆、东海、西道、丹波等地平叛时，最北也只到达如今的福岛县附近。约两百年后，日本武尊平定虾夷，最北抵达日高见国，即现今的宫城县北部一带。此后再历经约五百五十年，孝德天皇推行大化改新，派遣阿倍比罗夫征伐虾夷，"津轻"之名首见于世，然而自此以后，其名不复听闻。奈良时代仅有修筑多贺城（现今的仙台市附近）、秋田城（现今的秋田市）以平定虾夷，并未提到"津轻"之名。到了平安时代，坂上田村麻吕领兵远征，北上攻破虾夷根据地，修筑胆泽城（现今的岩手县水

---

　　① 四道将军：崇神天皇时，为镇抚平定北陆、东海、西道（现日本山阳地区）、丹波（现日本山阴地区）等地而派遣的四位皇族将军的统称。

泽町附近），设为镇所，似乎也没有提到过津轻。后来，弘仁①年间又有文室绵麻吕的远征。元庆二年②出羽虾夷发生叛乱，藤原保则领兵赶赴平定，传言在这场叛乱中，亦有津轻虾夷参与。即便我们并非相关历史学家，但凡说起虾夷征伐，也能联想到田村麻吕。接下来将时间往后推二百五十年左右，即源平时代初期，史书上有"前九年之战役与后三年之战役"的说法，而这场历时十二年的"前九年之战役与后三年之战役"的舞台，便是如今的岩手县和秋田县，安倍氏、清原氏等所谓的熟虾夷，也曾活跃于这段历史时期。至于都加留等居于内地的纯粹虾夷人在这一时期的具体情况，我们的教科书却只字未提。再后来，奥州藤原氏以平泉为根据地，开创三代人百余年的繁华盛世。至文治五年③，源赖朝平定奥州，以这段史实为分界线，教科书对历史的讲述重心逐渐远离东北地区。便是在明治维新时期，奥州诸藩也仿佛仅仅站起身掸一掸衣摆，又重新坐下，史学家公认其积极性远逊于萨长土三藩④，虽无大过，却也只是顺应时势、无可厚非，最终并未发出任何振聋发

---

① 弘仁：日本年号，用于810年至824年间。

② 元庆二年：878年。

③ 文治五年：1189年。文治为日本年号，用于1185年至1190年间。

④ 萨长土三藩：即萨摩藩、长州藩、土佐藩，是幕府末年至明治维新时期的"勤皇三藩"。

聩的声音。我们的教科书记述神代诸般历史，态度向来谨慎恭谦，然而自神武天皇起至现代，只在提及阿倍比罗夫时，一笔带过"津轻"之名，委实让人心情不大舒坦。在这段漫长的光阴中，津轻到底有何作为？难道只是起身掸掸衣摆坐下来，接着掸掸衣摆再坐下来，二千六百年间如此循环往复，一步不曾踏出过故土，仅仅眨巴眨巴眼睛而已？不，这种事应当不大可能。若是让津轻这位当事人自己辩驳，它恐怕会说："别看我一副不理世事的模样，其实私下里忙得不可开交呢。"

　　"奥羽"乃奥州、出羽的并称。"奥州"则为陆奥州的简称。而"陆奥"是对白河、勿来两处关隘以北地区的总称，按字面意思理解，即为"道路之奥"，简称"道奥"。"道"这个国名，古时地方上的方言读作"陆"，因此国名变成了"陆"。此地位于东海道、东山道之末端，居民皆是居住在大陆最深处的异国民族，故而被笼统称为"道路之奥"。汉字里的"陆"与"道"是同义词。接下来看看"出羽"，其意被解释为"出端"。古时人们将本州中部至东北部日本海地区笼统称为"越之国"。这里也同奥州即陆奥一样，所谓的"出端"，是指长久以来居住在化外之地的异国民族。换句话说，这个称谓表示它与朝向太平洋一侧的陆奥类似，很早以前便是位于王化恩泽之外的偏僻土地。

上述简明扼要的解说源自喜田博士①。举凡对历史的诸般解说，自然是越简单明了越好。既然出羽、奥州都被视为王化之外的穷乡僻壤，那么位于极北之地的津轻半岛，或许早就被当作栖居着黑熊、猿猴的蛮荒之地了。此外，喜田博士进一步解说了奥羽的历史沿革，其著作中可见下述记载：

　　源赖朝虽亲自平定奥羽，但不久便判断统治该地不能因循守旧，沿用他国之策略，遂以"出羽陆奥皆乃夷地"为事实依据，中止了刚开始实施的田制改革，并不得不一切沿袭藤原秀衡②、藤原泰衡③的旧规。因此，在最北端的津轻地区，居民大多仍旧保留着旧日虾夷人的习俗。其后政府发现，若派遣镰仓武士实难对其进行有序管辖，便任命当地豪族安东氏为代官，作为虾夷管领④，予以镇抚。

---

① 喜田博士，即喜田贞吉（1871—1939），日本历史学家、考古学家。

② 藤原秀衡（1122—1187）：日本平安时代末期武将，奥州藤原氏第三代当主，镇守府将军、陆奥守、藤原基衡嫡子。

③ 藤原泰衡（1155—1189）：日本平安时代末期至镰仓时代初期武将，藤原秀衡嫡子，奥州藤原氏第四代当主。

④ 虾夷管领：镰仓幕府的官职，又称虾夷代官，由安东氏世袭，管辖居住于津轻地区及北海道的虾夷人。

自从安东氏接任津轻地区代官，津轻的历史脉络便逐渐变得清晰明确。在此之前，世人的印象中这里或许只有阿伊努人四处游荡。可是，千万不能小看这里的阿伊努人。阿伊努人是日本先住民族的一支，与至今仍生活在北海道的极少数阿伊努人有本质区别。据说他们留下的遗物、遗迹比世界上所有石器时代的土器更为先进。如今北海道阿伊努人的祖先，自古居住于北海道，极少与本州文明接触往来，又因地理位置上的隔绝、自然资源的匮乏，在石器时代并未像奥羽地区的同族那般发展进步。尤其在近代，至松前藩统治时期，他们屡次遭受内地人压迫，元气大伤，终至衰落的极点。与之相反，奥羽的阿伊努人蓬勃发展，以独具个性的文化为傲，有的甚至举家迁往内地诸国，另一方面，内地人也大量移居、开拓奥羽之地，渐渐繁衍出与其他地区毫无分别的大和民族。

对于这段历史，理学博士小川琢治氏曾发表过如下论断：

　　根据《续日本纪》记载，奈良朝前后，曾有肃慎人、渤海人横渡日本海来到日本。在此期间，特别值得一提的是圣武天皇天平十八年①以及光仁天皇宝龟二年②，又有渤海千余人乃

---

① 天平十八年：746年。天平是日本年号，用于729年至749年间。
② 宝龟二年：771年。宝龟是日本年号，用于770年至781年间。

至其后三百余人，先后抵达如今的秋田地区，根据上述史实，不难猜想日本与中国的交流往来颇为自由顺畅。秋田附近出土过五铢钱，东北地区则分布有供奉汉文帝、汉武帝的神社，由此可推测该地曾与中国大陆发生过直接交流。在《今昔物语集》^①一书中，记载着安倍赖时^②渡海前往中国后的见闻。结合这些考古学及民俗学资料分析思考，可知相关种种绝非几则可弃之不顾的神话传说。更进一步看，我们甚至能确信，当时的东北藩族在皇化东渐之前，通过与大陆进行直接交流，收获过不算低等的文明成果，这与根据中央政府残留的史料推测所得的结论并不相符。另外，当年田村麻吕、源赖义、源义家等武将意欲收服此地却颇为困难，原因纯粹在于敌人愚笨无智，而非精悍勇猛。从这点思考，许多疑问也能冰消瓦解。

此外，小川博士还补充说明，大和朝廷的高级官员们每每自称虾夷、东人、毛人，原因之一莫非是想借此仿效奥羽人的勇猛，以及他们身上那股异国色彩浓厚的时髦风情？这种猜想

---

① 《今昔物语集》：成书于11世纪平安时代的日本民间故事集，作者是日本皇族公卿源隆国，共计三十一卷（其中第八卷、第十八卷、第二十一卷散佚），收录一千零四十则故事，分为印度、中国、日本三部分。

② 安倍赖时（？—1057）：日本平安时代中期陆奥豪族，初名赖良，至源赖义赴任陆奥国守，因名字发音相同，改名赖时。后背叛朝廷，战死于鸟海栅。

不无趣味。如此看来，津轻人的祖先早年在本州北端绝非四处游荡、无所作为，然而不知因何缘由，在中央政府留下的史学记载里完全看不到他们的身影，史官仅于上述安东氏的相关记录中，对津轻做过几笔模糊的勾勒。

按照喜田博士的分析：

安东氏自称乃安倍贞任①之子安倍高星②的后代，并言其远祖乃长髓彦之兄长安日。长髓彦因违抗神武天皇遭到诛杀，兄长安日被流放到奥州外滨，其子孙即为安倍氏。无论真相为何，总之镰仓时代以前，安倍氏便已成为北奥的豪族大家。津轻的口三郡为镰仓役③，奥三郡则为皇室直接管辖，相传是"天下御账"也不曾载入的无须缴纳税赋之地。这就是说，连镰仓幕府的权威也无法触及此地，转交安东氏自由统辖，使之逐渐发展为一处"守护不入"之地。镰仓时代末期，津轻安东氏一族发生内乱，后来演变为虾夷骚乱，幕府执权北条高时④

---

① 安倍贞任（1019—1062）：日本平安时代后期陆奥武将，与其父安倍赖时背叛朝廷，遭到源赖义与其长子源义家的征讨，于厨川栅战败身亡。

② 安倍高星：生卒年未详，日本平安时代后期豪族，安倍贞任之子，相传为陆奥藤崎安东氏远祖。

③ 镰仓役：需向镰仓幕府缴纳赋税的地区。

④ 北条高时（1303—1333）：日本镰仓幕府第十四代执权，出身北条家得宗家，第九代执权北条贞时第三子。

派遣部将前往镇抚，然而即便凭借镰仓武士的威猛，也未能使其顺服，最终以和谈形式解除此间危机，班师回朝。

这样看来，哪怕是学识渊博的喜田博士，阐述津轻历史时，措辞也不大自信，甚至仿佛完全解释不清楚津轻的历史。唯一可以确信的是，这个昔日位于本州北端的国度，与他国交战从无败绩，在它的认知里，似乎从来不存在"服从"的概念。这一点也让他国武将目瞪口呆，只得佯装不知，放任不管。昭和文坛中的某位文人不也正是如此吗？罢了，闲话少提为妙。由于津轻鲜少与他国往来，这才导致同志相残、兄弟阋墙。安东氏一族的内讧引发的津轻虾夷骚乱即为其中一例。根据津轻人竹内运平氏所著的《青森县通史》记载：

此安东一族的骚乱，其后逐渐演变为关八州之骚动，《北条九代记》曾曰"是为天地革命危机之始"，不久发展为元弘之变，继而才有建武中兴。

或许这场骚乱可算作成就大业的远因之一。不得不说，倘若果真扰乱过中央政局的情势，哪怕只在很浅的层面，哪怕只引发过一场骚动，津轻安东一族的内讧也委实值得在津轻历史上留下浓墨重彩的光辉记录。如今青森县靠近太平洋的一侧，古时称糠部，属虾夷之地。进入镰仓时代以来，甲州武田氏的分支南部氏移居到此，势力颇为强大。历经吉野、室町时代，及至丰臣秀吉一统江山，津轻一方面与外来的南部氏争权夺势，一方面由内部的津轻氏取代安东氏，夺得统辖权，平定津轻一国。此后，津轻氏传承十二代，至明治维新时期，藩主津轻承昭恭谨奉还藩籍与中央政府。此为津轻历史之梗概大略。至于津轻氏的远祖，则学界说法不一。喜田博士对此也曾有所提及：

  津轻历史上，自安东氏没落，津轻氏宣告独立，由于与南部氏领土相接，二者乃属长期敌对关系。津轻氏自称近卫关白尚通的后裔，另一方面又自称南部氏的分支，抑或藤原基衡次子藤原秀荣的后代，也有人视其仍为安东氏一族，总之众说纷纭，真相如何，不得而知。

  另外，竹内运平就此疑点发表过如下论述：

  南部家与津轻家，在江户时代始终有着显著的情感隔阂，深究起来，皆因南部氏将津轻家视作先祖之敌，后者侵占了南部氏原有的领地，津轻家本属南部的一族，身为被官①，却背叛旧主。另一方面，津轻家则声称自己的远祖为奥州藤原氏，并于中世②融入近卫家的血脉云云，这一主张也成为两族纷争的诱因。不可否认的是，南部高信的确为津轻为信所灭，导致津轻郡中的南部氏诸城被攻占，而为信数代以前的先祖大浦光信之母即为南部久慈备前守的女儿，于是，其后数代人皆称津轻家出自南部信浓守，这便难怪南部氏会将津轻家视作全族背叛者，对其怀抱深切的怨恨之情。再者，津轻家虽兀自期盼远祖乃奥州藤原氏、近卫家，按现存史料分析，其说法于根本上欠缺事实依据，未必能够赢得吾等首肯，连他们辩驳自身并非系出南部氏的论点，也由于论据不足而未具说服力。关于津轻地区的历史，自古便有史料《高屋家记》记载，称津轻家大浦氏乃南部家的旁支，《木立日记》中也曾提及"南部氏与津轻家为一体"，近年出版的《读史备要》等，更将津轻为信归于久慈氏（南部氏的一族），与此种情况形成鲜明对比的是，至今尚未出现足以否定上述观点的确切资料。可以这么认为，津轻家过去确曾具备南部氏的血脉、担任过被官，除此之外，二者可能在其他方面也有渊源。

---

① 被官：日本律令制下，从属于上级官厅的下属官厅或下属官厅的官吏。

② 中世：日本镰仓幕府时代（1192—1333）至室町幕府时代（1336—1573）。

可见他与喜田博士一样，避免做出片面论断。在所有相关史料与文献记载中，唯独《日本百科大辞典》毫不含糊地给了我们简明直接的阐释，因此我把相关条目摘录出来，置于章首，以备参考。

上文冗长烦琐地讲了许多，仔细想想，就日本全国领土面积而言，津轻还真是一片渺小的所在。松尾芭蕉在《奥之细道》中，描述出发前往东北地区游历之际，曾有这样的句子："前途三千里，胸间常郁郁。"即便如此，他的那段旅途，最北不过抵达平泉，即如今的岩手县南端。若要去到青森县，必须再步行两倍的距离。而且从地理位置看，津轻其实只是偌大青森县靠近日本海一侧的半岛部分。可以说昔日的津轻，是以沿全长二十二里八町①的岩木川冲积形成的津轻平原为中心，东起青森、浅虫一带，西至日本海海岸以南，至多到达深浦周边，往南则直抵弘前附近。分家黑石藩虽地处南部，但当地拥有黑石藩独特的传统习俗，文化氛围也与津轻藩迥然不同，所以不应算入传统意义上的津轻。再者，位于最北端的龙飞，土地狭小逼仄，令人心有余悸，自古不被中央史官记入正史也情有可原。

我便是在位于"道路之奥"最深处的旅馆借宿了一晚。

---

① 町：尺贯法长度单位，下文中亦作"丁"，1町约为109米。

第二日，渡船仍旧没有恢复班次，我们只好沿着前一天的来时路重新走回三厩，在三厩吃过午饭，乘上巴士直接回到蟹田的N君家。这么来回走一趟，我感觉津轻并不如想象的那么小。两天后的中午，我搭乘定期船独自离开蟹田，午后三点抵达青森的港口，之后搭乘列车，沿奥羽线到了川部，再在川部换乘五能线，五点左右到达五所川原，接着马不停蹄地搭乘津轻铁道，由津轻平原北上，待我回到出生的故土金木町时，已是薄暮降临。蟹田与金木相距不算遥远，直线距离不过四角形的其中一边而已。问题在于两地之间隔着梵珠山脉，山中连一条像样的路也没有，列车无法通行，万般无奈之下，我只好沿另外三条边绕了一个大圈。回到金木老家，我的第一件事是去佛堂。嫂嫂陪着我过来，将佛堂的门全都打开。有好一会儿，我默默凝视着佛龛上父母的照片，恭敬地行礼祭拜。然后，我跟嫂嫂去了家中亲人专用的起居室"常居"，这才郑重其事地同她寒暄问候。

"什么时候从东京出发的？"嫂嫂问道。

离开东京前的几日，我曾给嫂嫂寄过一张明信片，上面说这次我想绕津轻游历一圈，顺便回金木看看，如果可以，请允许我祭拜一下父母，期间有劳嫂嫂多多关照。

"大概一个星期前。在东海岸耽搁了几天，为此可没少给蟹田的N君添麻烦，他对我颇为照顾。"我想嫂嫂对N君应该并不陌生。

"这样啊。这边只收到你的明信片，却迟迟看不到人回来，也不晓得你那边发生了什么事，担心得不得了。阳子和小光盼你很久，每天轮流去车站守着，想要接你。等到最后，其中一个怒气冲冲地跑回来，说就算你来了，也不想再理你啦。"

阳子是大哥的长女，大约半年前，嫁入弘前附近某位地主家里，听说时常与新郎一块儿回金木游玩。这次我回来，他二人也是一起。小光则是我们长姐的小女儿，尚未出嫁。她是个性情率直的姑娘，常来金木这边的老家帮忙。

嫂嫂话音刚落，两个侄女便手牵手走了进来，一边走一边嬉笑打闹，冲我这个不修边幅的酒鬼叔叔打招呼。阳子还是女学生的模样，一点也看不出已经嫁人。

"这身衣服真奇怪。"一见我的装束，她俩立刻笑出声。

"傻瓜，这个呀，在东京很流行的。"

说话间，八十八岁高寿的祖母也走了出来，挽住嫂嫂的手。

"终于回来了。好好，你总算回来了。"祖母声音洪亮，从前那般精神抖擞的人，看上去果然还是衰老了。

"你怎么打算的？"嫂嫂问我，"晚饭要在这边吃吗？他们都在二楼呢。"

看样子，大哥、二哥已经陪阳子的丈夫喝起酒来。

我有些踌躇，至今不太懂得兄弟间应当保持什么样的礼数，以及聊天时把话说到哪种分上才算亲疏得体。

"如果不会给大家添麻烦，我还是去二楼吧。"一个人坐在这边喝啤酒，也太乖张孤僻、行事可憎了。

"无论在哪边都无所谓的。"嫂嫂笑着说，转过头吩咐小光她们，"那么，把饭菜摆到二楼吧。"

我便穿着夹克外套，径直走上二楼。哥哥们此刻在装有金色纸拉门的最高级日式客厅里安静地喝酒。我手忙脚乱地走进去，首先跟阳子的丈夫打招呼："我是修治，初次见面，请多指教。"接着又向大哥、二哥致歉，因为自己离家很久，尚且没来得及问候他们。大哥、二哥只轻轻点了点头，应了一声便作罢。这是我家素来的规矩。不，说不定是津轻的习俗也未可知。对此我已相当习惯，泰然自若地在饭桌旁坐下，默默地喝着小光同嫂嫂为我斟的酒。阳子的丈夫背靠壁龛柱子而坐，喝得有些上头，脸色通红。哥哥们从前酒量不错，这阵子却明显变弱，十分斯文地互相推让："来，请再喝一杯。""不了，我已经快不行了。还是你喝吧，请。"这让不久之前还在外滨举杯狂饮的我，顿时感觉仿佛来到别有洞天的龙宫。眼见自己与哥哥们在生活方式上差异如此之大，心下不由得紧张起来。

"螃蟹什么时候吃？待会儿可以吗？"嫂嫂小声问我。这回我带了些蟹田的螃蟹作为问候礼。

"唔，也好。"我拿不定主意，含糊应道。螃蟹这种食物太过朴素，恐怕会将一顿高雅的晚膳糟蹋得粗俗不堪。或许嫂嫂之所以这么问，恰好是因为这一刻她的想法与我不谋而合。

"有螃蟹？"大哥耳尖地听到我和嫂嫂的对话，"没关系，端上来吧。把餐巾也一块儿送来。"

也许今晚因为自家女婿在场，大哥的心情十分愉悦。

很快，螃蟹端上桌来。

"你也尝尝吧。"大哥招呼女婿道，并且率先拿起一只开始剥壳。

我松了口气。

"恕我失礼，请问您是哪位？"阳子的丈夫问我，笑得天真无邪。我有些吃惊，旋即想到他的确不认识我。

"啊，那个，我是英治（二哥的名字）的弟弟。"我笑着回答，心里却感到沮丧，卑屈地想着是不是不该提到二哥的名字，又抬起眼帘偷偷瞄了一眼二哥的脸色，只见二哥一副事不关己的神情，我便有些手足无措。算了，就这样吧。我也不再正儿八经地跪坐，整个人放松。这一次，让小光为我斟上啤酒。

在金木老家的种种顾忌，令我感到疲倦。而且，事后我还将那些经历写在这里，感觉更加不妥。倘若我不借由书写至亲的事迹来卖掉书稿换钱，就无法生存下去。对于我这种背负着恶劣业障的男人，神明必将夺走我笔下的那片"故土"，让我无处可归。归根结底，我大约只能蜷缩在东京的破旧屋子里打盹，在梦中怀念家乡，漫无目的地游荡，然后死去吧。

第二日是个雨天。起床后，我去了二楼，大哥的会客室置于此间。此时，大哥正给他的女婿看画。那是两张饰有金箔的屏风，一张上面描绘着山樱，另一张是田园山水之类的雅致风景。我看到了落款，却不晓得怎么念。

"画这幅画的是谁？"我红着脸小心翼翼地问。

"穗庵①。"大哥回答。

"穗庵？"我依然不清楚是谁。

"你没听说过吗？"大哥平静地反问道，并没有指责的意思，"是百穗②的父亲。"

"哎？"我当然晓得百穗的父亲也是一位画家，却没想到便是穗庵，而且画得这样一手好画。我并不讨厌绘画，不，岂止不讨厌，根本就自诩鉴赏力极佳，结果竟连穗庵都没有听说过，这让我把脸往哪儿搁？倘若一开始我便轻轻瞥一眼屏风，

---

① 穗庵，即平福穗庵（1844—1890），日本明治时期画家，出生于秋田县，早年模仿圆山四条派的武村文海，后自学成才。

② 平福百穗（1877—1933）：日本画家、歌人，出生于秋田县，画家平福穗庵第四子，毕业于东京美术学校，在画坛推行自然主义的主张。

然后若无其事地说："哦，是穗庵。"想来大哥会稍稍对我另眼相待吧？偏偏我没头没脑地问："画这幅画的是谁？"实在是丢脸丢到家了。这个过失显然已无法挽回，我忐忑不安，好在大哥并没有同我计较，转而低声对他的女婿说："秋田有些了不起的人物。"

"津轻的绫足①，画工怎么样？"为了挽回自己的名誉，也为了说些应酬的客气话，我冷不丁插了一句嘴。倘若要论津轻的画家，一般而言首先会想到的便是绫足。其实，上次我回到金木时，大哥让我见识过绫足的画作，我也是头一次晓得，原来津轻还有如此了不起的画家。

"那又是另一回事了。"大哥兴味索然地咕哝道，在椅子上坐下来。我们原本都站在屋里欣赏屏风上的画，由于大哥坐了下来，我那侄女婿旋即在他对面的椅子上也坐下来，我则挑了入口旁的沙发坐下，同他们稍微拉开一些距离。

"这个人呢，嗯，画风还算正统派吧。"大哥果然还是冲着他的女婿讲话。他向来就不怎么直接同我说话。

听他这么说，我也觉得绫足的画里有种厚实的凝重感，若是处理不当，只怕流于低级趣味，这点确实让人不安。

---

① 建部绫足（1719—1774）：日本江户时代中期学者、读本作者、俳人、文人画家，青森县弘前人。曾于日本各地游历，主要作品有画集《寒叶斋画谱》、小说《西山物语》以及多篇纪行文。

"这便是所谓的文化传统吧。"大哥弯腰注视着自家女婿，"毕竟秋田有着深厚的根基。"

"津轻，还是不行呀。"我想不管自己说什么，结果都是显而易见的尴尬冷场，干脆放弃了费力迎合，轻声笑着自言自语。

"听说这回你要写津轻？"大哥突然抬起头看向我。

"唔，是的，可我对津轻一无所知，"我不知所措地答道，"不晓得有没有什么书方便参考呢？"

"这个……"大哥笑了，"我对乡土史没什么兴趣。"

"有没有津轻名胜指南一类非常大众的书啊？因为我对津轻真是一点都不了解。"

"没有，没有。"大哥一边苦笑一边摇头，似乎对我马马虎虎的态度十分没辙，接着站起身对自家女婿道，"那么，我这就去一趟农会那边，摆在那儿的书你随意看看吧。今日天气实在不好。"

我问侄女婿："农会那边这阵子很忙吧？"

"没错，最近恰好是决定稻米出售配额的关键时期，大家都忙得分身乏术。"侄女婿虽然年纪轻轻，却出身地主家庭，对相关方面的事务非常熟悉。他还列举出各种数据予以详细说明，我有一半都没听懂。

"像我这种人，迄今为止从没认真思考过稻米的事。不过，到了如今这个时代，坐在火车里望着窗外的水田，终于也能将它看作切身大事，心里不由得喜忧参半。今年的气候始终偏寒，插秧也比往年迟了吧？"我依然像从前一样，对着专家班门弄斧。

"应该无妨。近来是比较冷，不过已经有对策了。秧苗的生长也算正常。"

"是这样吗？"我一本正经地点点头，"我所了解的情况，不过是昨天从火车车窗望见的津轻平原而已。现在还用马耕地吗？就是让马儿来拉犁翻土，不过似乎大多数人家都改用牛来耕地了吧？记得我们小时候，不仅用马耕地，还让它们拉运货的板车之类的，总之，所有力气活儿都让马儿来做，很少见到用牛的。我第一次去东京的时候，见到牛拉的板车，心想这是什么稀奇古怪的玩意儿。"

"你一定觉得很奇怪吧。不过现在马儿的数量减少了许多，大部分都被征去打仗了，还有就是养牛比较不费力气。不过说到干活的效率，牛只有马儿的一半，不对，说不定根本就派不上用场。"

"说到出征，你已经……"

"我吗？我已经两次接到了出征令，但两次都被中途遣返，真是惭愧。"侄女婿露出健康的青年才有的爽朗笑容，"真希望下次别再被中途遣返了。"他的语气自然而随和。

"这个地方有没有那种深藏不露却让人打心眼里敬佩的大人物呢？"

"这个嘛，我也不太清楚。不过，你可以打听一下那些热衷研究农事的人，说不定他们中刚好就有呢。"

"说得也对。"我深有同感地道，"像我这种人，对理论研究十分不在行，痴心妄想着做一个笃实的文学家，心里却装满无聊的虚荣，终究把自己搞得装模作样，成不了气候。不过我觉得，那些热衷农事的人，一旦被扣上专家的大帽子，会不会适得其反呢？"

"对，就是这样。报社不负责任地大肆炒作，把他们拉出去做各种演讲啊，这类乱七八糟的事，把好好的农户给弄得三不四莫名其妙。所以说，人一旦出了名，就算走到头了。"

"你的看法完全没错。"我对他的见解大为赞同，"男人真是可悲，根本抵挡不了名声的诱惑。追根究底，新闻报道这类玩意儿，都是美国的资本家发明的，能用便凑合着用一用罢了。它可是毒药哪。只要出了名，大多数人都会得意忘形、没了斗志。"我往往选在这种奇妙的场合抒发心底的愤懑。别看我满腹牢骚、愤愤不平，事实上在内心深处，我多少仍旧期待能够博得一个好名声，因此时常提醒自己注意，不要忘记本心。

午后，我撑着伞走去庭院，独自眺望雨中的景致。这里的一草一木依旧如故，从中不难察觉，大哥为了维系这座古宅的旧日风貌付出过怎样的辛劳。我站在池塘边，耳畔响起轻轻的扑通声。抬头一看，见是一只青蛙跃入池中。真是无趣又轻微的声响。那个瞬间，我忽然理解了芭蕉翁的题为《古池》的俳句。从前，我始终没法理解那首俳句，也完全不晓得它好在哪里。我能够断定的只是，出名无好物。然而现在，我终于找到了原因，问题其实出在我所接受的教育上。

对那首《古池》的解读，我们在学校得到的答案是怎样的呢？万籁俱寂的白日，光线阴暗的地方，有一方苍然无波的古池，就在那里，一只青蛙咚的一声（这个解释太怪异，又不是纵身跳进大河）跳了下去，啊啊，当此之际，余音不绝，鸟鸣山幽……我们的老师如此教导自己的学生。这是多么矫揉造作、平庸浅俗的讲解，简直令人深恶痛绝、不寒而栗，以至后来很长一段时间我都无法忍耐，只好对这首俳句敬谢不敏。然而就在刚才，我忽然感觉其实不是那么回事。都怪老师把那个拟声词解释成"咚的一声"，才导致我完全没能领会原文的意思。事实上哪有余音，根本就什么都没有。有的不过是那似有若无的扑通一声。即是说，这样的一声存在于世间某个不起眼的角落，是非常微弱的声响，是贫弱无力的音节。然而它落入芭蕉耳中，带来潮湿的感动。"幽寂古池塘，蛙跃清音扑通响。"按照眼下的思路，再重新来看这首俳句，嗯，不错，果然是绝妙的佳句，将当时檀林派墨守成规的故作风雅爽快地一脚踹开去，可谓不拘一格的构想。没有风花雪月，更无所谓风流绰约。它所表现的，仅是一抹清寒的意趣，一股普通平常的生命力。我总算明白，当时的风雅宗匠①们何以对这首俳句感到错愕。它是对既有风流概念的颠覆，是对文艺大刀阔斧的革新。好的艺术家非如此不可。我暗自欢喜雀跃，当天夜里，便在旅行手札上写道：

"'山吹花盛开，蛙跃清音扑通响。'②宝井其角③可真会折腾啊，看看都写了些什么，根本不懂得俳句的意趣韵律！倒不如'无父无母小鸟雀，来同我玩耍'④呢。这首境界贴近，可惜措辞浅显露骨，让人不悦，还是'幽寂古池塘'美得无与伦比。"

第二日是个晴朗的好天。我与侄女阳子、她的丈夫，以及负责背着大家的便当的阿亚，一行四人来到金木町东边约一里

---

① 宗匠：教授和歌、俳句、茶道等的师傅。

② 按松尾芭蕉弟子、"蕉门十哲"之一的各务支考所著《葛之松原》记载，芭蕉原本只给出"蛙跃清音扑通响"，让门人补写开头一句，宝井其角写作"山吹花盛开"，芭蕉则认为"山吹"二字风流有余闲寂不足，遂改作"幽寂古池塘"。

③ 宝井其角（1661—1707）：日本江户时代前期俳人。本名竹下侃宪，师事松尾芭蕉，俳句风格疏狂诙谐，具有口语化特征。芭蕉死后，宝井在日本桥茅场町开设江户座，为推动俳句发展做出极大贡献。

④ 语出江户时代著名俳句诗人小林一茶。

之外的小山踏青。那座山名为高流①，海拔不足两百米，坡度平缓。说起来，"阿亚"这个名字并非指称女子。它大约是老伯的意思，也可以用来称呼父亲。与阿亚相对应的femme②，便是"阿帕"，也有人读作"阿芭"。至于这些称谓的起源，各家有各家的说法，我不太清楚，只能胡乱猜测大概是阿爷、阿婆一类称呼的方言发音。又比如"高流"这个山名，按照侄女的观点，准确叫法应该是"高长根"③，似乎因为山麓平缓铺开，形如绵延的树根。当然这也只是诸多解说中的一个版本，做不得准。我觉得众说纷纭、莫衷一是，正是乡土民俗学的妙趣所在。侄女与阿亚为准备便当要耽搁一些时间，我同她丈夫便率先出发。天气实在很好，果然初夏五、六月，最适宜在津轻旅行。前文提到的《东游记》一书里，也有类似的看法：

自古以来，众人皆爱夏季往北地游赏。其时草木青青，南风拂面，海平无波，恐怖之名亦不复存。余至北地，恰逢九月至次年三月间，途中旅人稀疏，几未曾见。余之旅行乃为医术修行，另当别论。若此行专为探访胜迹名所，则四月以后前去上佳。

---

① 高流：日语发音为takanagare。
② femme：法语意为女性。
③ 高长根：日语发音为takanagane。

旅行专家的这番建言，还请读者诸君信以为真，最好牢记在心。在津轻，梅树、桃树、苹果树、梨树以及李树，皆于这一时节舒展花枝。我信心十足地率先来到小镇郊外，却不晓得通往高流的路究竟是哪一条。毕竟我只在念小学时去过两三回，忘记也是理所当然的。可这一带的景致着实与我少时记忆中的样子大相径庭，我不禁有些困惑，问道："是因为修建了火车站还是别的什么吗？这附近完全变样了。我根本不知道去高流应该怎么走。是那边那座山吗？"我目视前方，伸手指向那里的一座"へ"字形的淡绿山丘，笑着对侄女婿提议道，"我俩就在这附近随意逛一逛，等阿亚和阳子过来再一块儿去吧。"

　　"就这么办。"侄女婿一边笑着一边对我解释，"我听说附近建了一座青森县的研修农场。"看起来，他对这里比我熟悉得多。

　　"是吗？不如我们找找看吧。"

　　研修农场建在一座小山丘上，沿着这条路走半丁左右，再往右拐进去便到了，似乎是为培育农村中坚人物和训练拓士①而设立的。在本州北端的原野上，修建这么一座气派堂皇的设

---

　　① 拓士：为开拓土地而前往目的地的移民。

施，实在有些奢侈。听闻秩父亲王异常钟爱这座农场，并予以各种支援，讲堂也被盖成地方上罕见的庄严建筑。此外，这里还配有作业场、家畜饲养棚、肥料储蓄间、宿舍，等等，设施之完备，令我目瞪口呆。

"哎？我竟然一点都不晓得。原来金木还有这样先进的地方。"话是这么说，我的心里涌现异样的欢喜，果然还是忍不住声援养育过自己的土地，哪怕这份心思不被任何人知晓。

农场入口处立着一块巨大的石碑，上面恭谨地刻有"昭和十年①八月，朝香亲王殿下驾临。同年九月，高松亲王殿下驾临。同年十月，秩父亲王殿下携亲王妃殿下驾临。昭和十三年②八月，秩父亲王殿下再度驾临"等字样，是诸多亲王殿下到访视察农场的证明。可见这座农场足以被视作金木町居民至高无上的骄傲。其实不只在金木，便是在整片津轻平原，它也已经成为永远的骄傲。各栋建筑物背后似乎留有一块实习地，美好的模样一览无余地铺陈在视线中。那里被开辟为旱田、果树园、水田，由津轻各村落选拔出的模范农村青年负责管理。

侄女婿四下里走来走去，仔细眺望着耕地，叹了一口气，感慨道："果真令人叹为观止。"侄女婿出身地主家庭，同我

---

① 昭和十年：1935年。

② 昭和十三年：1938年。

140

相比，他一定从中读出了更多东西。

"哎呀！那是富士山。真漂亮啊。"我不由得失声叫了出来。是的，那并非众所周知的富士山，而是被当地人称作"津轻富士"的岩木山，海拔一千六百二十五米，影影绰绰地浮现在眼前这片水田的尽头。事实上，它的确给人轻轻悬浮其上的错觉。目之所及，苍然欲滴，比富士山更加阴柔，宛如将十二单衣①的裙裾轻柔地披展开，构成一枚倒置的银杏叶，有着左右对称的漂亮形状，安安静静地轻浮于蔚蓝天空。山体不高却剔透明净，着实是不可多得的婵娟美人。

"不管怎么说，金木都不错啊。"我语气有些慌乱，"实在很不错哟。"我噘着嘴再次强调。

"是个好地方呢。"侄女婿沉稳地回应。

在这趟旅途中，我曾从各个方向远眺"津轻富士"。从弘前看，它持重而庄严，让我感觉岩木山果然是独属于弘前的。换一个角度，从津轻平原上的金木、五所川原、木造附近望去，它端正华贵的身影使人尤难忘怀。而从西海岸遥望的山容便不足挂齿了。山体似乎崩塌于眼前，找不到丝毫美人的影子。传说能够将岩木山的美好完整呈现出来的土地，不仅盛产

---

① 十二单衣：日本平安时代命妇以上的高位女官穿着的朝服，由唐衣、裳、上衣、打衣、袿、单衣等多层华丽的服饰组成。

稻米，美人也数不胜数。恕我直言，且不论稻米产量，在北津轻地区，虽说能够欣赏如此秀丽的山峦，对于"美人"却不好定义，或许这也只能归咎于我的浅薄观察。

"阿亚他们怎么还没来呢？"我忽然有些担心，"该不会直接走到前边去了吧？"刚才我们只顾着感慨研修农场的诸多设施与风景，一不留神竟把阿亚他们忘到九霄云外。我和侄女婿按原路返回，四下打量，找了一圈，却见阿亚冷不丁从一旁的岔路小径上蹿出来，笑着说他与阳子正分头找我们。阿亚负责留在原野这边搜寻，侄女阳子则沿着通往高流山的路，径直追了过去。

"那可真是辛苦她了。看样子，阳子已经跑出去很远了吧。喂——阳子——"我向着前方大声呼唤，没有任何回音。

"咱们这就出发吧。"阿亚抖了抖背上的包裹，"反正只有这一条路。"

云雀在天空中欢快地啁啾。我已经有二十年未曾像此刻一般，漫步在故乡春日野外的小径上。绿草如织，低矮的灌木丛与小小的池泽散落各处，衬着一片绵延起伏的斜坡。十年之前，身处都会的那些人曾夸赞这里是绝好的高尔夫球场。而且你看，如今这片原野也渐渐有人开垦，各户人家的屋檐在明媚的春阳下熠熠生辉。那是重建的村落，那是邻村的分村，我一边听着阿亚热心的讲述，一边发自内心地感受金木的发展与蓬勃生机。此时，我们差不多已来到入山的坡道上，依旧不见侄女阳子的身影。

"她到底跑哪儿去了呢？"我遗传了母亲爱操心的性子。

"唉，大概自个儿跑前面去了吧。"新郎模样有些难为情，却极力保持镇定。

"总之，我们找人问问看吧。"我摘下头上的人造棉纱帽，向在路旁田间劳作的农夫打听，"请问您有看见一位身穿洋装的年轻女子从这边路过吗？"

农夫回答："有的，她似乎正着急赶路，几乎是跑着过去的。"

我在脑海中勾勒出一幅画卷：春日的田间小道上，侄女阳子匆匆行过，一路小跑着追在新郎身后，嗯，这样的画面看起来并不坏。

往山里走了一段，我们便瞧见阳子笑嘻嘻地站在落叶松的树荫底下。她说，追到这里也没发现我们的影子，想必再等一会儿我们就来了，便独自在这儿采了些蕨菜。她看起来一点也不累。据说这附近堪称山菜的宝库，生长着蕨菜、土当归、蓟草、竹笋等丰富的野菜。秋天则漫山遍野地长着青乳菇、白乳菇、朴蕈等菌类，用阿亚的话形容便是"铺满整座山一般"。连住在五所川原、木造等地的人，也会不顾路途遥远前来采摘。

"阳子可是采摘菌菇的名人嘞。"阿亚补充道。

我一边往山上走，一边道："听闻亲王殿下也曾造访金木呢。"

阿亚连忙改用恭敬的口吻回道："是的。"

"这可真是咱们金木的荣幸哪。"

"是的。"他有些紧张地说。

"殿下亲自莅临金木这么偏僻的地方，实在太难得了。"

"是的。"

"是乘坐小汽车前来的吗？"

"是的，殿下是乘坐小汽车来的。"

"阿亚也拜见过殿下吗？"

"是的，有幸拜见过殿下。"

"阿亚好幸运哪。"

"是的。"说着，阿亚用裹在脖子上的毛巾擦了擦脸颊的汗水。

山间莺声婉转。紫罗兰、蒲公英、野菊花、杜鹃、白水晶花、通草、野蔷薇以及我叫不出名字的花朵点缀在山道两侧的草丛间，明艳又缤纷。垂得弯弯的柳树和槲树抽出新芽。越往山上走，竹丛越茂密。虽是一座不足两百米高的小山丘，视野却相当广阔。站在山路上遥看远方，津轻平原将它的每一个角落大大方方地摆到眼前。我们驻足片刻，俯瞰身下的平原，听完阿亚的讲解，又稍稍往前挪一段，同时也没忘记把视线与赞叹分给"津轻富士"，不知不觉间已经抵达山顶。

"这里便是山顶了吗？"我有些怅然若失，向阿亚问道。

"没错，这里就是山顶了。"

"什么嘛。"话虽如此，面对眼前流泻而出的津轻平原的柔和春光，我依旧微微恍神。

岩木川宛如一条纤细的银线，看上去闪闪发光。那条银线的尽头，仿佛古镜般折射出钝重光泽的，大约是田光沼。离它再远一些的似乎是十三湖，湖面氤氲着大片白色的雾霭。十三湖又称十三潟，《十三往来》[①]一书中曾记载："津轻大小河流共计十三条，汇于此地形成大湖，且各条河川从未失去固有本色。"津轻平原最北端的湖泊，以岩木川为首，共计十三条河川，流经津轻平原汇聚于此，湖围约有八里之长。然而由于河水裹挟了大量泥沙，湖水其实很浅，最深处也仅有三米。由于海水的注入，加上岩木川汇入这里的水量本就不多，因此湖水较咸，只在河口附近保有淡水。而湖中栖居的鱼类，既有淡水鱼又有咸水鱼。在湖泊南口一侧、面向日本海的地方，坐落着一片名为"十三"的村子。有种说法是，这一带早在七八百年

---

①《十三往来》：相传在建武年间（1334—1338）由市浦村相内的山王坊阿吽寺僧人弘智所著，记述了当时安东氏十三凑的繁荣盛景。

前便经人开拓，是津轻豪族安东氏的根据地所在。此外，江户时代它曾与北方的小泊港共同积极承运津轻的木材、稻谷，盛极一时，如今似已褪去昔日繁盛的片影。在十三湖的北边可以望见权现崎。可惜从它附近算起，连同周遭一大片土地，均被划入国防的重要区域。也罢，让我们调转视线，远眺前方的岩木川以及更远处那条倏然牵引而出的清爽湛蓝的一线。那便是日本海。此时，它的七里长滨犹如浓缩在一记深长的注视中，北起权现崎，南至大户濑崎，视界空阔，一往无前。

"这里的景致真不错。如果是我，会选在这里筑城——"我的话刚说了一半，便被阳子打断。

"那么，冬天如何度过呢？"

"哎，要是冬天不下雪就好了。"我叹了口气，感受到某种似有若无的忧郁。

我们沿着背阴处的溪流下山，在河滩上打开便当盒。啤酒用溪流浸得凉凉的，别有一番滋味。侄女阳子与阿亚一道喝着苹果汁。

吃吃喝喝间，我忽然发现一条诡异的活物。

"蛇！"

侄女婿急忙抄起脱在一旁的外套，站起身来。

"别怕，别怕。"我指着溪流对岸的岩壁说，"它好像正要往那面岩壁爬去呢。"

那条蛇从湍急的溪流中猛地仰起头，眼看着就要爬上一尺见高的岩壁，忽而轻飘飘地落下来。接着它又哧溜哧溜地爬上去，却再次摔了下来。如此执着不已地尝试了大约二十回，估计着实累得精疲力竭，死心一般任由溪流推着漂来岸边，长长的身躯浮在水面。这时，阿亚忽然起身，拿着一根将近两米长的树枝，默默地走上前，扑哧一下刺进溪水，只听刺啦一声，我们三人不约而同地别过视线。

"死了吗？死了吗？"我的声音带着悲戚。

"我把它收拾掉啦。"阿亚随手将树枝扔进溪流里。

"是蝮蛇吗？"尽管知道阿亚已经解决了那条蛇，我依旧心有余悸地问。

"如果是蝮蛇的话，就能捉条活的，蝮蛇胆可以用来做药材呢。刚才那条是黄颔蛇。"

"原来这座山里也有蝮蛇啊。"

"没错。"

我继续喝着啤酒，心底不大痛快。

阿亚是我们之中最先吃完午饭的。他很快拖来一根粗壮的原木，把它扔进溪水，灵巧地踩着它跳去对岸。接着，他噌噌爬上对岸陡峭的山壁，看样子是想采些土当归、蓟草之类的山菜。

"太危险啦。没必要特意爬去那么高的山壁吧，别的地方不也长满野菜吗？”我心惊胆战地责怪阿亚的冒险行为，“阿亚一定是太过兴奋，故意爬去那么危险的地方，好向我们展示他英勇无畏的气魄。”

“就是嘛，就是嘛。”侄女阳子大笑着表示赞同。

“阿亚！”我大声喊道，“够了，够了，太危险啦，你快回来。”

“就回来。”阿亚应了一声，手脚利落地从山崖上撤退。我紧绷的神经这才松弛下来。

回家的路上，阳子背着阿亚采回的山菜。这位侄女自幼不拘小节。此时我这个在外滨被夸赞“脚力还不错”的叔叔早已疲惫不堪，归途中一言不发。从山上下来，布谷鸟的鸣叫声落入耳中。小镇郊外的木材厂里堆满木料，轨道手推车争分夺秒般来来往往，穿梭不停。真是一派富足悠然的乡野盛景。

“说起来，金木倒是显得活力十足。”我忽然感叹。

“是吗……”侄女婿似乎也有些疲倦，没精打采地应道。

我突然感到一阵羞怯：“哎，我离开老家太久了，根本不清楚这里的变化。只是觉得十年前的金木不是这个样子。那时的金木，看上去是个越来越衰颓的小镇，和现在完全没法比，如今却有重振旗鼓的感觉。”

回到家，我告诉大哥金木的景色比我以为的漂亮，让自己印象大为改观，大哥回答说，人上了年纪，会不由自主地觉得，故乡的风景到底比京都比奈良都要美好。

第二日，大哥夫妇也加入我们四人的队伍，大家一起出发前去鹿子川池。鹿子川池位于金木东南方向，距离金木约一里半的路程。出发之际，大哥恰好有客到访，我们便先走一步。嫂嫂身着劳动时妇女穿的日式袴，搭配白布短袜和草鞋。对嫂嫂而言，这或许是她嫁入金木町的婆家以来，头一回去二里之外的地方。那一日同样风和日丽，甚至比前一天还暖和些。我们让阿亚带路，沿着金木川旁的森林铁道一直往前走。铁道的枕木间隔简直充满恶意，很不好走，跨一步太大，跨半步又太小。我们很快便走累了，闷着头一声不吭，不停地擦汗。天气好得过分，旅人反倒容易疲倦，提不起兴致。

"这附近有当初洪水退去后的痕迹。"阿亚停下脚步，对我们解说。只见河川附近数町步的农田里，横七竖八地布满巨大的树根和木材，不知道的还以为是激战留下的残迹。我想起来，金木町遭遇洪灾的侵袭就是在前一年，我家八十八岁的祖母说活了这么大岁数，还从没遇到过那样可怖的灾害。

"这些树根木材什么的，都是随洪水从山上冲下来的。"阿亚神色沉痛地道。

"太残忍了。"我一边擦着汗一边叹息，"那场大水就像海浪一样吧。"

"和泡在海里没什么分别呢。"

149

金木川很快便走到了尽头，接下来我们沿着鹿子川继续往上游而去。走了不多久，终于轮到森林铁道向我们说再见。往右拐一个弯，一方宽阔的水塘映入眼帘，周长恐怕达到半里以上。池水澄碧，仿佛盈得满满的苍玉，衬着鸟鸣更显清幽。听说这一带从前是名为庄右卫门泽的深谷，直到不久之前，也就是昭和十六年①的时候，才拦截起谷底的鹿子川，辟作这方大大的蓄水池。池畔立着一块大石碑，大哥的名字赫然在目。水池周围仍旧赤裸裸地残留着当年施工时挖掘的赤红绝壁，为这里消除了一抹天然的庄严感。不过，依旧可以从中感受到金木小镇的力量。作为一个性情冒失的旅行批评家，我站在池畔，抽着烟眺望周遭景致，自由散漫地发表了一句毫不负责的感想："这种人为塑造的成果，不失为沁人心脾的风景。"接着，我信心十足地带领大家在池边散步。

"这里不错。这附近很好。"说着，我坐在池畔一角的树荫下，"阿亚，你过来瞧瞧。这棵是不是漆树呀？"我的体质对漆树过敏，要是不小心挨上，接下来的旅途可就不好受了。阿亚看完后说它不是漆树。"那么那一棵呢？我觉得它有些奇怪，你再去瞧瞧。"见我神情严肃，大家都笑了。阿亚说那棵也不是漆树。我总算完全放了心，决定就把这一处选作野餐的

---

① 昭和十六年：1941年。

地方。

我喝着啤酒，心情大好之下，话也多了起来，同大家讲起自己小学二三年级时参加远足的往事。那会儿，我们去的是距离金木三里半路程的西海岸一个叫作高山的地方。因为第一次看见大海，我异常兴奋。而当时带队的老师比学生还兴奋，让我们面向大海站成两排，齐声高唱《我是大海之子》。这明明是我们有生以来第一次看见大海，却偏要像自小长在海边的孩子那样，唱着"我是大海之子，站在白浪起伏的海滨松林里"，实在太做作了。虽说是个孩子，我却感到相当羞耻，情绪浮躁得不得了，无法安心唱歌。而且，那一趟远足我格外在意穿着打扮，戴着宽檐的麦蒿帽子，手持某位哥哥攀登富士山时用过的白色登山杖，上面华丽地刻有神社的几个印记。原本老师叮嘱我们要轻装上路，尽量穿草鞋，只有我多此一举地穿上碍事的日式裤、长袜以及系带高筒靴，"袅娜多姿"地出发了。没想到走了不足一里路，我便累得气喘吁吁，先是脱下日式裤和高筒靴，接着在老师的督促声中换上一双不成对的草鞋，一只夹带是红色的，一只是用麦蒿编的，最惨的是这双草鞋的鞋底已经快磨穿了。再后来，我把帽子也摘了，登山杖交给别人保管，终究搭上学校雇来载犯病学生用的板车。待我回到家时，早已不复出行那会儿意气风发的模样，一手拎着高筒靴，一手拄着登山杖，狼狈不已。我绘声绘色地对众人讲述这段久远的记忆，把大家逗得哄堂大笑。

"喂——"不远处传来呼喊的声音。是大哥。

"喂——在这边。"我们也纷纷回应。阿亚跑上前去迎接。不一会儿，大哥提着登山用的冰镐走过来。原本带来的啤酒已经被我喝光，我心下赧然。大哥很快吃完饭，几个人一块儿往水塘深处走去。忽然，耳边响起大大的振翅声，有水鸟从池面飞起。我和侄女婿互视一眼，意味不明地冲对方点了点头，看来我们都没什么自信，分不清那究竟是大雁还是野鸭。总而言之，必定是一种野生水鸟。不经意间，我感受到一团深山幽谷的灵气。

大哥弯着腰，默默走在前面。上一次像这样与大哥结伴外出，是多少年前的事了呢？大约是十年前吧。那一日，在东京郊外某条乡野小道上，大哥也是这样弯着腰默默往前走。我跟在他身后几步远的地方，望着他的背影，一面走路一面独自啜泣。或许自那之后，我和大哥便不再同行，直到今日此刻。我想，关于那件事，大哥仍旧没有原谅我，说不定一生无法原谅。如同一只裂缝的茶碗，无论怎么做都于事无补，无论怎么做，也回不到最初。一旦心与心生了嫌隙，津轻人便很难释怀。我想之后，应该说是从今往后，或许再也没有机会与大哥结伴外出。

渐渐地，瀑布跌落的水声清晰可闻。水池那端是当地的一处名胜，叫作鹿子瀑。没走多远，我们脚下出现一条高约五丈的细长瀑布。换句话说，我们是沿着庄右卫门泽边缘一条仅仅一尺宽的危险小径一路走来的。右边的峭壁屏风一般耸立，左边的断崖紧贴着脚下，瀑布下的深潭则青渺幽然地盘踞在谷底。

"这地方，我瞧着有些头晕目眩的。"嫂嫂开玩笑似的说，抓紧了阳子的手，步履有些胆怯。

右手边的半山腰上，杜鹃丛中，花开正艳。大哥肩上扛着冰镐，每当看到花朵饱满的杜鹃，都会稍稍放慢速度。这时节，紫藤也快开花了。我们来到瀑布口，山道渐渐变成下坡路。一条两米宽的小溪中央置有一截树桩。踩着它只消走两三步，便能渡过溪流。我们一个接一个轻巧地过了小溪，唯独嫂嫂留在原地。

"我可不敢走。"嫂嫂笑着说，迟迟不肯走过来。看她腿脚发软的模样，还真是一步也不敢跨。

"你背她过来吧。"大哥对阿亚吩咐道。可即便有阿亚陪在身边，嫂嫂依然连声笑着摆手拒绝。这时，阿亚使出一身蛮力，不知从哪儿又抱来一截巨大的树桩，砰的一声扔到瀑布口。嗯，看样子这座临时渡桥算是搭好了。嫂嫂试着踩上去，果然还是很害怕，跨出一步便不敢再动。她把手搭在阿亚肩上，费了好大力气才战战兢兢地走完一半，之后的溪流很浅，她竟然直接从桥上跳进溪里，哗啦哗啦涉水而行。这么一番下来，她的日式裤、白布短袜、草鞋全湿透了。

"简直就像高山远足归来的模样嘛。"嫂嫂笑着打趣道，大约想起我刚才讲到的自己从高山远足回来时悲惨狼狈的形象。阳子和她的丈夫不约而同地大笑出声。

大哥回过头，问道："哎？你们在笑什么？"

大家立刻止了笑。

我见大哥一脸不明所以的样子，犹豫着要不要同他解释来龙去脉，可想到又得重述一遍那段"高山归来"的愚蠢往事，就失去了开口的勇气。见此情形，大哥一言不发，径自迈步离去。大哥从来便是这样孤单。

五　西海岸

前文多次提过，我出生在津轻，也成长在津轻，但迄今为止，对津轻这片故土所知甚少。靠近日本海一侧的津轻西海岸，除去小学二、三年级时的那趟高山远足，我几乎未有造访。那里虽说被称为"高山"，却也不过一座海滨小山。从金木的正西边出发，大约三里半开外处，有一片人口五千左右的大村落，名叫"车力"，穿过它便是高山。据说当地的稻荷神社十分有名。不过，毕竟是少年时代的记忆，如今很多细节已经淡忘，唯有那身失败的装扮如同浸得深深的色块，清晰地残留在脑海中。因此，我一早便打算借由这趟旅途，巡游津轻的西海岸。

从鹿子川池郊游回来的第二日，我离开了金木，上午十一点到达五所川原，接着在五所川原站换乘五能线，大约花了不到十分钟便抵达木造站。这里仍旧属于津轻平原的范畴。我原本就打算在木造随意逛逛，于是下了车，走出去一看，发现是座古朴闲适的小镇。居民约有四千多人，比金木町略少，小镇的历史却很悠久。精米厂里的机器正在懒散地运转，发出咚咚的响声。不知哪户人家的屋檐底下传来鸽子的鸣叫。这里是我父亲出生的地方。在我位于金木町的老家，以女儿居多，因此大部分情况下都是招婿入门。父亲是这座镇上一户M氏世家的第三子，入赘母亲家后，接任了不晓得第几代的家主之位。父亲在我十四岁那年便过世了，不得不说对于父亲的为人，我确实不大了解。在这里，我想引用拙作《回忆》中的一节，以便为读者诸君介绍我的父亲：

> 我的父亲事务繁多，十分忙碌，平常难得待在家里。即便在家，也很少陪伴子女。我对父亲始终心怀畏惧，比如明明很想要他的一支钢笔，却害怕得不敢说出口，只是暗自思虑烦恼。某天晚上，我躺在被窝里，闭着眼睛假装梦呓："钢笔……钢笔……"当时，父亲正在隔壁房间同客人谈话，我的低呼声自然

没能传入他的耳朵，更加没能抵达他的心里。有一回，我和弟弟钻进储满米袋的米仓玩得正开心，父亲出现在仓库门口，呵斥道："小子，出来出来！"父亲背光而立，高大的身躯陷在阴影里，轮廓黑漆漆的。至今回忆起那时我所感受到的恐惧，心里依然很不舒服。（中略）第二年春天，积雪深深的时节，我的父亲在东京的医院吐血身亡。附近的报社出了号外，上面刊载着父亲的讣告。与父亲的死相比，这种惊天动地的头条新闻本身更令我激动雀跃。我的名字出现在遗属名单中，同时见报。父亲的遗体被置于一副巨大的棺柩中，放在雪橇上运回了故乡。我随不少镇上的居民前去邻村迎接。没过多久，我望见森林的树荫下接连滑出几只搭有篷顶的雪橇，月光洒在上面，那般美好。第二天，家人聚集在佛堂，那里停放着父亲的棺柩。当棺盖被揭开，大家失声哭泣。父亲仿佛睡得很沉，高高的鼻梁泛着青白。我听着众人的哭声，禁不住泪流满面。

关于父亲的记忆，可以说大致便是这些。父亲去世后，我从如今的大哥身上感受到与之相类的威严，同时也放下心来，对大哥诸般依赖，因此尽管父亲不在身边了，我却从来不曾体味过何为寂寞。然而，随着年岁渐长，我时常有些失礼地思考一个问题：父亲的性格究竟是怎样的呢？有一天，我在东京那间租来的破屋里打瞌睡，梦中出现父亲的身影。他说其实自己并没有死，只是基于政治上的原因，不得不退隐消失。他的面孔看上去比我记忆中的父亲要苍老疲倦一些，那抹影子却令我十分怀念。这个梦境说来并没有太大意思，总之，近些时日，我对父亲的思念异常强烈，这是不容否定的事实。父亲的几个兄弟肺部都有毛病。虽然父亲罹患的并非肺结核，但也是染上某种呼吸道疾病才吐血去世的。在还是孩子的我看来，五十三岁撒手人寰的他已经是名副其实的老人，算得上寿终正寝。而放在眼下这个时代，仅仅五十三岁便离开人世，哪里能说寿终正寝，分明应视为英年早逝。

我曾不知天高地厚地思索过，假如父亲的生命延续得久长一些，也许他能为津轻做出更多伟大的贡献。我一直很想亲眼看看，父亲究竟出生在什么样的家庭，又在什么样的小镇上长大成人。木造町只有一条主街，两侧屋舍鳞次栉比，全是居住在此的人家。家家户户的背后都绵延着辛勤开垦的水田。水田间栽种着成排的白杨树。这一趟回乡，我还是第一次在津轻的土地上看到白杨。微风中，浅绿的嫩叶轻轻摇曳，惹人怜爱。我想此前肯定也在别处见过，但它们都不像木造町的白杨一般，给我留下鲜明的记忆。

从这里眺望的"津轻富士"，与从金木町望去的别无二致，是位华贵的盛装美人。传言这种能够望见美好山容的地方，也盛产稻米与美人。不过在我看来，当地稻米产量的确丰盛，至于美人却不大好说。那么，它是否也同金木町一样，让人无法拍着胸脯给出肯定的回答呢？总之关于那则传说，关于美人问题的答案，我甚至怀疑刚好与传言相反。在能够望见美丽的岩木山的土地上……算了，话题就此打住。再说下去往往惹人不悦。也许如我一般仅仅在镇上逛了一会儿便大泼凉水的旅人，不应对此妄下定论。

那日天气好得过分，火车站外唯一的一条笔直主街有着混凝土铺就的路面，朦胧的烟霭笼罩其上，薄如春霞。由于脚上穿着胶底鞋，此时走路也像猫儿似的，不发出任何声响。我漫不经心地在镇上散步，春日迟迟，暖意熏得人昏昏欲睡，我甚至将"木造警察署"的看板念成了"木质的警察署"，并且恍然大悟般点点头，原来如此，这栋建筑物是用木头造的，下一刻猛地回过神，唯剩苦笑。

木造町是一座"笼阳"小镇。所谓"笼阳"，是指从前在东京的银座，每当午后日照强烈的时刻，各家商店都会在店门口不约而同地撑开遮阳棚，想必读者诸君也曾从那些散发着凉意的遮阳棚下路过，觉得那里就像一条临时搭建的长廊。换句话说，要理解什么是北国的笼阳，不妨把那条搭着遮阳棚的长廊想象为家家户户往街上延伸出的约两米长的屋檐，而这些屋檐正是永久又结实的遮阳棚，这么一想便八九不离十了。而且，这些屋檐并非为遮阳而搭建。它们才不是东京会有的那些时髦玩意儿。冬天积雪深埋的时节，为了方便邻里之间相互往来，人们将各家各户的屋檐紧紧连接起来，预先搭出这么一条长廊。假若遇上风雪肆虐的天气，无须担心得冒雪出门，上街买东西也是很轻松的事。这是镇上最宝贵的财富，也是孩子们的游乐场。在这里玩耍，不像在东京的人行道上那么危险。雨天走在长廊下简直方便至极。另外，如我一般被春阳熏得头脑昏沉的旅人，刚好可以飞奔至廊下，感受久违的凉意。尽管坐在店里的人们会直勾勾地打量陌生旅客，目光让人汗颜，不过这条走廊的确帮了大忙。

据说大家普遍认为，"笼阳"是"小店"的方言发音，但我的看法有所不同，或许写成"隐濑"或"隐日"的汉字更加贴近本意，便于理解。想到此，我渐渐满心欢喜，沿着这条笼阳长廊往前走，不知不觉来到M药品批发店门口。这是我父亲出生的老家。我步履未停，径直从门前走过，一边在笼阳长廊下漫步，一边思索到底怎么做才好。小镇的这条笼阳长廊委实不短。津轻的古老村镇，大都搭建着类似的遮阳棚，但像木造町这样，整座小镇都被笼阳长廊连接贯通的例子却不多见。我甚至觉得，木造町差不多是时候改名叫"笼阳之镇"了吧。

又往前走了一会儿，终于来到笼阳长廊的尽头。我转身往右，叹了口气，绕路返回。至今为止，我从来没有造访过父亲曾在的M家，也没有来过木造町。又或许，我在很小的时候跟着家人来过这里玩耍，只是那段经历丝毫没能烙印在我的记忆中。M家的现任家主比我年长四五岁，性情开朗，自幼与我熟识，经常跑来位于金木町的我家玩耍。因此，即便眼下我直接上门拜访，也不至遭到对方白眼，然而我总觉得此行太过唐突。这身打扮不修边幅，自己又无甚要事，却卑躬屈膝地上门笑着跟M先生打招呼，想来多半会让他大吃一惊，猜测这家伙终于在东京混不下去，跑回来借钱了吧。哪怕我直言，只是想在死前亲眼看看父亲出生的老家，恐怕对方也会将之理解成夸大其词的装模作样。再说，作为一个男人，我的年纪也不小了，实在没有脸面讲出那样的话。干脆就这么离开吧。我左思右想，闷闷不乐地走着，不觉间又回到M药品批发店门口。今日这种机缘，不会再有第二次。就算丢脸也没什么关系。进去吧。万般无奈之际，我猛然下定决心。

"打扰了。"我冲店里打了声招呼。

M先生闻声而出："哎呀，嘿，简直是稀客呀。"他语气热情，不由分说地拉着我进入里间的客厅，又不容拒绝地摁着我坐在壁龛前的位子上。

"啊啊，快点上酒。"他连声吩咐家人。没过两三分钟，酒便端了上来，动作实在迅速。

"好久不见。真是好久不见。"M先生自己也一个劲地灌酒，"你多少年没回过木造了？"

"我也记不清了，如果算上小时候来过的那一回，大概有二十年了吧。"

"我猜就是这样，我猜就是这样哪。来来，喝酒。来了木造，一切都别跟我客气。来了真好，嗯，来了真好呀。"

这栋屋子的布局与金木町老家的布局十分相似。我听说金木町现在的老家，是父亲当上上门女婿后不久，亲自设计并大刀阔斧改建完成的。说来也没有什么特别的缘由，父亲只是来到金木，并且把那个家改造成与自己在木造的老家一般无二的布局，仅此而已。我似乎终于理解了身为养子的父亲的心情，不由得微微一笑。仔细想想，再观察庭院里木石的搭配，我便觉得果然处处都很相似。通过这件微不足道的小事，我仿佛触及死去的父亲那足以称为"人情味"的一面，于是，顺路绕来M先生家的这个决定也具备了独特的意义。

看样子，M先生打算好好款待我一番。

"不必了，请别费心为我张罗。待会儿我必须搭乘一点的火车去深浦。"

"你要去深浦？去做什么？"

"也没什么要紧的事，只是想去看一看。"

"是为了写书吗？"

"嗯，确实有这个想法。"我没法说出"不晓得自己什么时候会死，不如趁还活着，回来故乡四处看看"之类令对方扫

161

兴的话。

"那么，也会写木造町的事吧？如果要写木造的话……"M先生落落大方地沉吟道，"首先希望你写一写稻米的供给数量。根据警察署管辖区域内的统计，咱们木造警察署辖区的稻米产量是全国第一。怎么样？是在整个日本排名第一哟。可以说全是木造町的大家伙儿努力劳动的结晶。想当初，周遭一带的农田遭逢枯水期，我就去邻村讨水，长久折腾下来，总算有了今日的成果，就像那位烂醉如泥的大人一变而为水虎大明神①似的。我们这些人，虽说出身地主家庭，但也没有因此游手好闲。我脊椎有点儿问题，可也会跑去田里除草呢。嗯，下一次说不定远在东京的你们，也能配给到大碗香喷喷的白米饭啦。"这话着实令人无比欣慰。M先生自小便豁达疏朗，长着一双孩子气十足的圆眼睛，这些都是他的魅力，镇上的居民皆对他敬爱有加。我在心中祈祷着M先生的幸福，并委婉谢绝了他的热情挽留，总算及时赶上了午后一点开往深浦的列车。

从木造搭乘五能线，大约三十分钟后会途经鸣泽、鲹泽，那一带便是津轻平原的尽头。其后列车沿日本海海岸奔走，右面能够眺望大海，左面则紧靠出羽丘陵北端尾部的绵延山峦。再行驶一小时左右，大户濑的壮丽奇景便铺满了右面车窗。据

① 水虎大明神：又称水虎大人，是日本青森县津轻地区民间信仰的水神。

说这附近的岩石皆为角砾凝灰岩，在海水的侵蚀下形成斑绿色的平坦岩盘，江户时代末期露出海面，犹如怪兽一般。这里仿佛一间设于海滨的宴会厅，能同时容纳数百人，因此有"千叠敷"之称，加上岩盘表面处处分布着圆形浅洼，盛满海水，恰似一只只注入美酒的巨大酒杯，又被人们唤作"杯沼"。说起来，能把那些直径一尺到二尺不等的洼穴全看作酒杯，想必为它们起名之人是个酒量了得的家伙。倘若要将这一带的胜景记入类似《名胜指南》等书里，或许可以这样写：附近的海岸耸立着奇岩怪石，脚下的怒涛不绝冲刷。事实上，此处全无外滨北端海岸那种异样的凄凉之感，即是说它拥有在日本全国随处可见的普通"风景"，并不具备他县难以理解的津轻所独有的晦涩风格。总之，它看上去开阔而疏朗，是经过人眼"驯化"的明丽乖巧的风景。前文提及的竹内运平氏在《青森县通史》一书中有过记录，说这片地区以南，从前并不属于津轻领，而是属于秋田领，及至庆长八年①与邻藩的佐竹氏和谈，才将此地编入了津轻领。就我的直觉而言，附近的风光确实已经丧失津轻的氛围，当然，这只是如我一般毫无责任感可言的过路旅客的感想罢了。津轻的"不幸宿命"，在这里无处容身；津轻性格里特有的"不得要领"，在这里也不见踪迹。这些感受，通

---

① 庆长八年：1603年。

过眺望周遭的山水便可轻易获得。一切都是那样充分完善又智慧卓然，所谓用文化层面的气氛取代愚蠢傲慢的内心。

从大户濑出发，列车行驶四十分钟便到达深浦。这座港口小镇与千叶县海岸附近的渔村一样，时常呈现出某种温和谨慎的神色，形容得难听点，则是摆出精打细算的表情，沉默寡言地迎送旅客。换句话说，面对旅客时，它既不介意又不好奇。我绝对没有将深浦的这种氛围作为缺点加以批判，甚至认为在如今的世道，倘若不保持那样的表情，人是无法顺利生存下去的。也许，这就是成年人应有的样貌，寄托着某种潜藏于体内深处的自信。这里也没有津轻北部常见的孩子气的恶作剧。津轻北部像是煮得半生不熟的蔬菜，而这里已经煮得色泽剔透。啊，没错。从这个角度来比较，就很容易理解了。居住在津轻腹地的人们，事实上欠缺的正是某种源于悠久历史的自信，一丝一毫也不具备。因此，他们不得不端着肩，盲目摆出傲慢的姿态，总爱诋毁对方是"卑贱之人"，也许这一切都组成了津轻人的反骨、津轻人的顽固、津轻人的"佶屈"，并最终指向那条悲戚、孤独的宿命。津轻人啊，请扬起头放声大笑。曾经不是有人断言，津轻这片土地具有即将迈入文艺复兴时期的蓬勃潜力吗？请花一夜冷静地思考：在日本文化取得微小硕果而踟蹰不前的时期，津轻地区仍旧处于未完成的形态，这将给整个日本带来多么巨大的希望？也许这番设想会立刻引发各方人士的夸张认同，然而依靠煽动情绪得来的自信其实成就不了任何事物，我们应该做的，难道不是假装一无所知，只是朴素地相信继而持之以恒吗？

如今的深浦町约有五千人口，是旧津轻领西海岸南端的港口小镇。江户时代，幕府在此设置町奉行，管理深浦、青森、鲹泽、十三等四浦，而深浦也成为津轻藩最重要的港口之一。这是一处丘陵环绕的天然海湾，水深波平，海岸线上汇集着吾妻滨的奇岩、弁天岛、行合岬等名胜。街市安静，渔夫家的庭院里倒吊般悬挂着一套套大气豪放的潜水服，带着一种彻底放弃人世的安心之感。从车站出来，行过那条唯一的主街，可以看到位于小镇郊外的圆觉寺仁王门。寺院的药师堂已被指定为"国宝"。我打算参拜过它就离开深浦。一座打造完毕的小镇，只会赋予旅人无尽的寂寥。

我来到海滨，坐在一块岩石上，心里空空落落，不知接下来该去哪里，该做什么。天色尚早。我忽然有些挂念留在东京破屋里的孩子。原本我告诫自己尽量别在旅途中思念东京的家人，然而孩子的面孔总能瞄准时机，倏然飞进空虚的内心。我起身朝镇上的邮局走去，在那里买了一张明信片，写上只言片语寄回东京。孩子最近患了百日咳，妻子即将临盆，也即是说，我们的第二个孩子快要出生。我心情焦躁，漫无目的地走在小镇上，之后随便挑了家旅馆进去。安排的客房肮脏不堪，我松开绑腿，吩咐上酒。不一会儿，饭菜和酒都端了上来，速度快得出乎我的意料，稍稍抚平了眼下的情绪。房间虽然不干净，料理却很丰盛，用鲷鱼和鲍鱼两种食材烹制而成。听说鲷鱼和鲍鱼是这座港口的特产。我已喝下两瓶清酒，却还没到睡觉时间。自从来到津轻，我总是受人款待，今天难得享受独自啜饮的闲散时光，于是带着这个忽然钻进脑海的无聊念头，我来到走廊，拦住刚才端送饭菜的十二三岁的小姑娘，问她："还有酒吗？"小姑娘回答："没有了。"我又问："还有其他地方可以喝酒吗？"小姑娘立刻答道："有的。"我松了口气，问她那家店在哪里，她告诉了我位置，我赶去一瞧，是家打理得整洁漂亮的料亭①，让人非常意外。

我被领到二楼一间十铺席②大小、能够望见海的房间，盘腿坐在津轻漆③的大餐桌前，连声催促女侍上酒。很快，女侍送了酒过来，只有酒，没有下酒菜，实属难得。因为烹制料理通常比较费时间，不上酒的话，客人只好百无聊赖地等待。一位四十岁左右、缺了门齿的大婶端着酒进来。我想借机向她打听

---

① 料亭：价格高昂、地点隐秘的日式料理店。

② 铺席：在日本，用"铺席"的数量来表示房间大小。1铺席的大小是910毫米×1820毫米，但根据地域及房屋构建方式的不同，尺寸有所差异。

③ 津轻漆：日本传统工艺漆器，主要产地为青森县弘前市，花纹繁复，质地坚固。2017年被指定为日本"国家重要无形文化财"。

深浦当地一些有意思的传说故事。

"深浦有什么古迹名胜吗？"

"您去拜过观音大人了吗？"

"观音大人？啊，当地人把圆觉寺称作'观音大人'吗？原来是这样。"我满心以为能从这位大婶口里听到什么古老传说，没想到一个胖乎乎的年轻女侍也出现在这间日式客房，刻意讲了些莫名其妙的玩笑话。我烦躁不已，决定拿出男子汉的率直态度，于是对她说："拜托你下楼去吧。"

在这里，我要给读者诸君一个忠告。男人去料理屋，千万不能态度率直地说出心里话，否则就会像我一样，遭遇对方的臭脸。我话音刚落，那位年轻女侍便气鼓鼓地站起身，而大婶也和她一块儿离开了。因为她们中的一人被赶出房间，所以另一个反倒不好继续沉默地待着，那样做有失朋辈间的义气。我独自在宽敞的客房里喝酒，眺望着深浦港的灯塔，继而被一股深刻的旅愁驱使，回到投宿的旅馆。

第二日清晨，我正孤单地吃着早饭，旅馆主人端着酒壶和小碟走进来，道："请问您是津岛先生吧？"

"是的。"我在旅馆前台登记时，留的是"太宰"这个笔名。

"果然是您。我就觉得长得很像。我和您的兄长英治是初中同学。您在登记簿上留的名字是'太宰'，我一时没认出

167

来，可越想越觉得你们长得很像，所以……"

"不过，那个名字也不是假名。"

"是的，是的，如您所言，我也有所耳闻，他说有个弟弟改了名字在写小说呢。请您见谅，昨晚鄙店实在失礼。来，请喝酒吧。这个小碟里是腌渍的鲍鱼肠，正好配酒。"

我吃完早饭，享用腌渍鲍鱼肠搭配的清酒。鲍鱼肠腌渍得恰到好处，着实美味，好吃极了。就是这样，我察觉了一个事实：即便来到津轻最偏僻的地方，自己也依然受着哥哥们的庇护，终究无法凭借一己之力完成任何事情。刚才的珍馐美酒格外沁人心脾。简而言之，我很清楚，在这个津轻领南端的港口小镇，自己得到的一切仍旧属于自家兄长的势力范畴。这样想着，我又心不在焉地搭上了下一班列车。

鲹泽。我从深浦搭上回程的列车，顺路在这座古老的港口小镇停留片刻。这座小镇算是津轻西海岸的中心地带，江户时代曾繁盛一时。津轻出产的稻米大部分在这里装载上船，此外，这里还是日本老式木船往来大阪的起始港与终点站。此地水产丰富，从海滨捕捞的鱼鲜不仅能满足当地居民的日常食用，也足以为宽广的津轻平原上各地人家的餐桌提供无尽的美味。不过，这里人口如今只剩四千五百多，比木造、深浦都少，街市正在丧失往昔热闹兴隆的景象。既然地名叫作"鲹泽"，那么历史上的某段时期这里一定能捕获大量鲹鱼，但我在幼年时代，几乎没有听说这里盛产鳕鱼，只有雷鱼声名远扬。

说起雷鱼，最近在东京偶尔也会配给一些。想必读者也认得这种鱼，名字写作"鮴"或"鱸"，体表没有鱼鳞，长约五六寸，大致与海里的香鱼差不多，是西海岸的特有鱼类，秋田地区更是其盛产地。东京人嫌它肥厚油腻，不大爱吃，我们却感觉它的滋味相当清淡。在津轻，地道的吃法是将新鲜的雷鱼洗净，直接抹上淡淡的酱油，熬煮后整条食用。这里很多人能泰然自若地连吃二三十条，这并非什么稀罕事。我常听说当地会举办雷鱼品食大赛，吃下最多雷鱼的人能够获得奖赏。那些被运到东京的雷鱼早就不新鲜了，况且东京的厨子不懂得正确的烹饪方法，做出的雷鱼更加难以下咽。在《俳句岁时记》一类的书里，似乎出现过"雷鱼"一词。我记得曾读过一首江户时代的俳谐师所作的俳句，大意是说雷鱼滋味清淡，说不定在江户时代，那些对美食颇有钻研的人视雷鱼为珍馐佳肴。无论如何，围坐在暖炉边享用雷鱼，正是津轻冬季的一大乐趣。我也是通过这种鱼鲜，才在幼年时代便晓得了"鳕泽"这个地名，而亲自来到这座小镇，今次倒是头一回。

小镇背山面海，有着狭长得惊人的街道，沉淀出一股奇妙又酸酸甜甜的气味，让人不由得想起野泽凡兆①的俳句："夏月映古街，市中味不绝。"川流淌过小镇，河水浑浊，散发着疲倦的气息。像木造町一样，这里也搭着长长的笼阳，有些地方已经陈旧，快要崩塌，并且丝毫不像木造町的笼阳长廊那么凉意悠然。

那一日天气很好，不过即便走在笼阳长廊下，避开日头，也感觉闷热得喘不上气。沿街的饮食小店不少，听说是因为这里从很早以前便开设有许多所谓的铭酒屋②，至今似乎依然保留着旧日的氛围和习俗。我路过四五家相邻的荞麦面店，甚至有揽客的店家对来往行人招呼道："进来歇会儿再上路吧。"这在如今的时代真是极为少见。我看了看时间，恰好是正午时分，我走进其中一家荞麦面店，稍事休息。一碗荞麦面加两碟烤鱼，一共四十钱。荞麦面的蘸汁味道还算不错。话说回来，这座小镇的街道实在太长，沿着海岸的那条主街，不论行至何处，映入眼帘的永远是一模一样的屋舍，毫无变化的景致没精打采地延伸向前。我觉得仿佛走了一里路，终于来到小镇尽头，于是转过身，循着来时路往回走。

---

① 野泽凡兆（？—1714）：江户时代中期俳人，师事松尾芭蕉，后文引用的俳句即出自他与"蕉门十哲"之一的向井去来共同编撰的俳句集《猿蓑》。

② 铭酒屋：挂着贩卖好酒的招牌，实则做卖春生意的下等游女屋，盛行于明治至大正年间。

这座小镇没有所谓的中心地区。一般来说，大部分城镇都会将本地的核心势力汇集于某个特定的地点，让它成为自身的砝码。即便纯粹路过的旅人也能立刻分辨，啊，这里就是这个小镇最精彩的区域。然而在鲹泽，类似的地方是不存在的。它像一柄散掉的折扇，扇轴已经损坏，扇面七零八落。如此一来，镇上的各派势力大约也纷争不断，我不禁想起前文提过的德加式政论。这座小镇的指挥中枢似乎不大灵敏可靠。我一边这么写着，一边微微苦笑起来。无论在深浦，抑或鲹泽，假设都居住着我喜欢的友人，而且他们会对我的到访表示热情欢迎，嘴里嚷着"啊，你能来到这里，真是太好了"，随即带着我四处参观，为我详细解说，那么我愿意抛弃自己天真肤浅的直觉，重新以感激的笔触书写，并且夸赞深浦与鲹泽正是整个津轻的风雅与精华所在。由此可见，实际情况是怎么回事呢？那就是游记之类的东西根本不足为信。希望住在深浦、鲹泽的人读完我这本书，能对上述言论视而不见，轻笑带过。我的旅途印象，完全不具备任何权威，绝对无法从本质上玷辱、诋毁你们的故土。

　　离开鲹泽町，我再次搭乘五能线返回五所川原，抵达时已是午后两点。走出车站，我径直造访中畑先生家。有关中畑先生的事迹，最近我在《归去来》①《故乡》②等系列作品中时有谈及，这里不再赘述。简而言之，中畑先生是我的恩人，在我二十多岁连番闯祸的年纪，他曾不厌其烦地为我收拾善后。多年不见，中畑先生面容苍老不少，让人心酸。听说自从去年他生了病，身体便大不如前，瘦成眼下这副模样。

"时代真是不同啦。你这个人，居然穿着这身衣服就从东京跑回来了？"他的表情十分喜悦，兴致勃勃地打量着我乞丐讨食般的装束，"哎呀，袜子也划破了。"说着他站起身，从衣柜里拿出一双做工上等的袜子递给我。

"待会儿我打算去一趟摩登町。"

"啊，那也不错。你就去吧。喂，惠子，你来带路。"

即便骨瘦如柴，中畑先生性急的脾气依然同往年一样。

我的姨母一家都住在五所川原的摩登町。记得在我小时候，那条街叫作摩登町，现在改叫大町还是别的什么名字。关于五所川原町，我在序编已经提过，这里满载我幼年时代的记忆。四五年前，我曾在五所川原的某家报纸上发表过下面一篇随笔③：

---

① 《归去来》：作者于1943年发表在杂志《八云》上的短篇小说。

② 《故乡》：作者于1943年发表在杂志《新潮》上的短篇小说。

③ 下文是作者于1941年发表在《西北新报》的随笔《五所川原》。

我的姨母居住在五所川原，因此，孩提时代我便常常去五所川原游玩。我也曾专程欣赏过旭座新建剧院的初演。记得当时自己在念小学三四年级，看的应该是友右卫门的演出吧。结果被梅之由兵卫①感动得泪流满面。那是我有生以来头一次目睹旋转舞台，惊诧之余不由自主地从位子上站起身。不久之后，旭座剧院便遭遇火事，烧成了废墟。那一刻的火焰，便是从金木也瞧得一清二楚。据说火是从放映室燃起来的。而那些因好奇跑去观赏电影的小学生里，约有十人被活活烧死。负责放映的工程师因"过失伤害致死罪"被追究法律责任。不知为何，虽是幼童，我却始终无法忘记那位工程师的罪名与命运。我还听说过这样的传言，旭座之所以变成一片火海，是因为名字的发音带着"火"字②。当然，这些都是二十年前的往事了。

　　七八岁时，我从五所川原热闹的大街上走过，不慎落进水沟里。水沟很深，水几乎漫到下巴，或许将近三尺吧。当时正是夜晚。一个男人在我头顶伸出手，我抓住了它。被拽上去后，我却不得不在众目睽睽之下赤身裸体，委实窘迫不堪。恰好前面开着一家旧衣铺，有人迅速为我换上店铺里的旧衣。那

---

　　① 梅之由兵卫：净琉璃《茜染野中之隐井》、歌舞伎狂言《隅田春妓女容性》中的侠客角色，原型为1689年被处刑的梅涉吉兵卫。

　　② 日语里，"旭"读作asahi，"火"读作hi。

是一件女孩子穿的浴衣①。腰带也是绿色的兵儿带②。我感到难为情极了。没过多久，姨母大惊失色地匆匆赶来。

姨母向来疼爱我，对我有照拂之恩。由于我缺乏男子汉风度，因此动辄遭人戏弄，时常独自闹别扭，只有姨母夸我是个好男儿。每当别人诋毁我毫无才能，姨母都会发自内心勃然大怒。然而这一切，皆已成为遥远记忆。

我随中畑先生的独生女惠子一块儿出门。

"我想去岩木川逛一逛。它离这儿远吗？"

她说并不远，走几步就到了。

"那么，请带我去吧。"

小惠③领着我在大街上走了不过五分钟，一条大川映入眼帘。孩提时代，姨母曾好几次带我来这里的河滩上玩耍，而我记得那时它离小镇的大街要远得多。或许是因为小孩子脚程不够快，这么一点路也觉得很远吧。而且我习惯待在家里，对于出门总是提心吊胆，一旦外出便紧张得头晕目眩，于是越发感觉从家里到岩木川路途遥远。那座桥还在。桥身长长，果然仍

---

① 浴衣：夏季穿的轻便和服，与写作"着物"的正式场合所着和服有所区别。

② 兵儿带：男性或儿童使用的和服腰带，用整幅柔软的棉纱或茧绸等制成，男孩用黑、灰、茶等深色，女孩多用赤、桃、黄等明艳色系。

③ 小惠：对"惠子"的昵称。

是从前的样子，与我的记忆相去不远。

"我记得这座桥好像叫乾桥。"

"是的，没错。"

"乾……写作哪个汉字来着？是表示方位的那个'乾'吗？"

"我也不清楚，大概是吧。"惠子笑着说。

"你也不太确定啊。算了，管它怎么写呢。我们过桥吧。"

我一只手扶着栏杆，慢慢在桥上走着。景色很美。与东京近郊的河川——荒川放水渠最为相似。河滩上绿草如织，蒸腾起氤氲的雾霭，几乎晃花眼睛。岩木川潺潺流淌，染亮两岸的草色，又在春阳下泛着洁白的光芒。

"夏天大家都爱来这儿纳凉。毕竟也没别的地方好去了。"

五所川原的人们大多喜好出游，我想彼时镇上一定热闹非凡。

"那个是最近刚搭建起来的招魂堂。"小惠指着河川上流的方向告诉我，笑着低声补充一句，"而且是让我爸特别自豪的招魂堂呢。"

那是一栋外观相当气派的建筑。中畑先生是在乡军人①的干部，我想当初改建这座招魂堂的时候，他必定也是积极奔走，充分发挥了性格里那股豪迈不羁的任侠之气吧。此时已经过了桥，我们仍站在桥边继续聊着。

"听说苹果树已经疏伐了，好像是砍掉了一部分，在空出的土地上栽植马铃薯什么的。"

"也许不同地方采取的措施不一样吧。这一带暂时还没有那么做呢。"

岩木川堤岸的背后是一片苹果园，开满粉白的花朵。每当目睹这些苹果花，我就似乎闻到苹果的香甜气味。

"往年可没少麻烦小惠给我们家寄苹果呀。听说你快嫁人了？"

"嗯。"小惠落落大方地点点头，神情坦然。

"具体是什么时候呢？就在最近吗？"

"就是后天哟。"

"哎？"我大吃一惊。然而小惠的模样仿佛毫不在意，声音平静无波。

"我们回去吧。你还要忙着准备婚礼吧？"

"不必着急呀，我一点都不忙。"她语气着实沉稳。我不

---

① 在乡军人：战前日本服预备役、后备役的军人，或指退伍军人。

禁在心底暗暗佩服地想，不愧是中畑先生的独生女，明明即将迎夫婿入门继承家业，明明才十九二十的年纪，形容举止却和普通女孩完全不同。

"明天我要去一趟小沼。"回家路上，我们再次经过那座长长的桥，我转而聊起其他话题，"我打算见见阿竹。"

"阿竹？就是在你的小说里出现过的那位阿竹吗？"

"嗯，就是她。"

"那她一定会很开心吧。"

"我也不知道。要是能见到她就好了。"

这一趟来到津轻，有个人我非得见一面不可。我一直将她视作自己的母亲。我们差不多有三十年未曾见面，可她的容貌依旧清晰地留在记忆中。也许可以这么说，我这一生的轨迹，都由她为我涂上底色。以下文字摘选于我的旧作《回忆》：

待我长到六七岁时，记忆便十分清晰了。家里一位名唤阿竹的女侍教我读书习字。我们两人经常一块儿合读各种各样的书。阿竹对我的启蒙教育十分热心。由于我体弱多病，便趁着卧床静养的时间读了不少书。待家里的书看完了，阿竹会从村里教会开办的主日学校借来一本又一本儿童读物供我阅读。我早已学会默读法，因此不管看多少本书都不会感觉疲倦。读书之外，阿竹也教我伦理道德。她曾数次带我去寺院参拜，教我欣赏绘有地狱极乐内容的画轴，并耐心讲给我听。我见那画上的放火之人背负竹筐，筐里燃烧着赤红的火焰；纳了小妾的人被长着两个头的青蛇缠住身体，表情痛苦。我见那画上有血池，有针山，有被称作无间地狱、深不可测的洞穴正蹿起滚滚白烟。我还见那画上处处都是苍白瘦削之人，他们微微张嘴，哭喊不止。阿竹告诉我，倘若撒谎会被带去地狱，还会像他们一样被恶鬼拔掉舌头。听完她的话，我立即害怕得号啕大哭。

那座寺院深处有座高台，上面是一片小小的墓地。四周一圈树篱，种着山吹花等植物。山吹花丛旁边立着无数卒塔婆①，仿佛树林般静默无言。卒塔婆上附有黑色的铁圈，形似满月。阿竹一边哗啦哗啦转着那些铁圈，一边对我说，像这样转动铁圈，待它们停下不动的时候，转动铁圈的人就能在死后去往极乐世界；一旦铁圈快要停下，却忽然开始倒转，那个人就会落入地狱。阿竹转动铁圈时，铁圈会顺着她转动的方向不停旋转，发出悦耳的声响，而后必然静悄悄地停下。可轮到我去转，铁圈便会在停下前偶尔出现倒转的情况。依稀记得那是某年的一个秋日，我独自跑去寺院转动铁圈，可不管转动哪一个，它们都像事先商量好似的哗啦哗啦地倒转，我压抑着即将

---

① 卒塔婆：为供养、追善而立在坟墓等处，其上书写梵文及经文的塔形细长木牌。

挤破胸腔的怒火，执拗地转动了几十圈。直至日暮降临，我才绝望地离开那片墓地。（中略）后来我进入故乡的小学念书，以此为分水岭，记忆也发生了剧变。记不清具体是什么时候，阿竹离开了我家，消失不见。似乎因为要嫁去某个渔村，又怕我追在她身后不肯松手，这才突然不辞而别。第二年中元节时，阿竹来我家探望，不知为何，我总感觉她的言行举止格外客气疏远。她问起我在学校的成绩，我没有回答，还是旁人帮我告诉了她。阿竹只简单告诫了一句，千万不可因此而松懈，除此以外，并没有特别夸赞我。

我母亲身体不好，从小我便没有喝过她的一滴乳汁，出生后立刻被交给乳母照顾。长到三岁时，终于摇摇晃晃学会了走路，家里换掉乳母，安排了一位照顾我日常生活的女侍，她便是阿竹。每天夜里，我由姨母抱着入睡，其余时间总是和阿竹在一起。三岁到八岁这段时期，都由阿竹负责我的启蒙教育。某天清晨，我猛地睁开眼睛，叫着阿竹的名字，阿竹没有出现。我心下一惊，凭直觉猜测到什么，禁不住放声大哭。阿竹不在了，阿竹不在了，我这样想着，哭得上气不接下气。之后的两三天，我动辄乱发脾气。直到现在，我依然记得阿竹忽然离开的日子里，自己有多苦恼。一年过去，某日，阿竹偶然出现在我面前，态度实在冷淡，我心里对她颇为怨愤。自那以后，我再也不曾见过阿竹。

四五年前，我应邀上电台的一档广播节目，主题是"寄言故乡"，那时候朗读过《回忆》中描写阿竹的一段文字。提到故乡，我总能想起阿竹。或许阿竹根本没有听过我的那段朗读吧。时至今日，我都未有收到任何关于阿竹的消息。这趟津轻之行，我在出发之初就迫切期望能够见见阿竹，哪怕一面也好。将珍惜的事情留到最后来做是我的习惯，我喜欢在内心深处悄然享受这种若有所待的情绪，于是将前往阿竹所在的小泊港的日程，排在了这趟旅行的终点。其实，原本我的计划是，在出发去小泊前，从五所川原离开后立刻去一趟弘前，在弘前散散步，再去大鳄温泉住上一晚，最后才赶到小泊。然而一路从东京过来，身上的旅费已经被我花得所剩无几，加之舟车劳顿，我的体力就快支撑不住，接下来若还要四处奔走，想想便觉得麻烦，我只好放弃了大鳄温泉，至于弘前散步，就放在回东京的途中顺道完成吧。我调整完接下来的行程安排，决定当晚住在五所川原的姨母家，第二天再从五所川原直接出发去小泊。我和小惠一起去拜访位于摩登町的姨母家，姨母却不在家。听她家里人说，她的孙子生病住院，姨母便跟过去照顾了。

"母亲已经知道你要过来，早就在电话里说必定见你一面，说什么也要你去一趟弘前呢。"表姐笑着说。姨母为这个女儿找的夫婿是名医生，并让他继承了家业。

"啊，弘前的话，我打算回东京时顺道去看看，也一定会去医院看望姨母。"

"说是明天要去小泊见阿竹呢。"小惠本应忙着准备自己的婚事，这会儿却丝毫不急，也不回家，只是气定神闲地陪着我们有一句没一句地聊天。

"要去见阿竹？"表姐神情认真地道，"那可真是太好了。不晓得阿竹会多高兴呢。"表姐似乎非常清楚我曾经多么依恋阿竹。

"不过，我还不知道能不能见到她……"我担心的其实是这一点。因为事前并没有写信跟阿竹商量，仅仅凭借"住在小泊的越野竹"这条线索，我就准备去找她了。

"看样子，去小泊的巴士一天只有一班。"小惠起身查了查贴在厨房里的巴士时刻表，"倘若不搭乘明天最早出发的那班火车，就赶不上从中里发出的巴士哟。这么重要的日子，可千万别睡过头啦。"她似乎已经忘了，对她而言，"这么重要的日子"又是哪天。如此算来，明日上午我的行程应该是这样的：搭乘八点出发的最早一班列车从五所川原出发，沿津轻铁道北上，途经金木，九点抵达津轻铁道的终点站中里，之后从那里搭乘开往小泊港的巴士，车程大约两小时。沿途顺利的话，正午时分应该可以赶到小泊。

傍晚，小惠终于回家去了。她前脚刚走，医生（我们向来这样称呼表姐的那位医生丈夫）便从医院下班回来。晚饭时一块儿喝了点酒，他们又听我天南海北聊了一通，不觉间夜色已浓。

第二天一早，我被表姐唤醒，匆匆吃完早饭便冲去车站，总算搭上最早的那趟列车。今日天气晴朗。我的脑袋有些昏沉，像是宿醉未消。摩登町的姨母家里并没有令人畏惧的长辈，因此昨夜我便放开胆子喝酒。眼下，额头上不断涌出虚汗。清爽的晨光穿透车窗洒了满身，心情郁郁，仿佛只有自己是浑浊的，是肮脏的，是腐烂不堪的。这种自我厌弃的情绪，总会在喝得酩酊大醉后钻出体内，大约已经有数千次，我反复体验过它，并且始终无法断然与酒精作别。对于酒的无法抵抗，往往为我招来他人的轻视。倘使世上无酒，也许我早就成为一个圣人了吧。我神情异常严肃，一边思考着这些蠢事，一边怔怔地眺望窗外的津轻平原。不一会儿，列车驶过金木，抵达芦野公园站。这是一座小小的车站，看上去像是位于铁道口的信号所。我不由得想起一桩往昔的逸闻。那天，金木町的町长从东京返回津轻，在上野车站购买前往芦野公园的列车票，站务员告诉他没有这个车站，他愤愤不平地对站务员说："你连津轻铁道的芦野公园站都不知道吗？！"然后逼着站务员查了三十多分钟，终于如愿买到前往芦野公园站的车票。

此时，我从车窗探出脑袋打量这座小小的车站，恰好看见一个年轻姑娘两手各拎着一只大包袱跑过来。她身穿久留米碎白花纹和服与相同布料做成的劳动裤，嘴里衔着车票。她在检票口站定，轻轻闭上眼，脸蛋朝那位美少年般的检票员微微凑过去。美少年心领神会地拿着检票夹，动作利落地在姑娘贝齿间的那张红色车票上啪的一声打了个孔，宛如熟练的牙科医生拔掉前齿。少女与美少年神态自若，脸上没有丝毫笑意，仿佛是再理所当然不过的事。少女刚上车，列车便哐当一声开动，好像司机在此停车就是为了等待这名少女。这般悠然闲适的车站，在全国一定是绝无仅有的。我想下一次，金木町町长可以在上野车站放声大喊："给我一张到芦野公园的车票！"

列车在落叶松林中奔走，这一带如今已被辟作金木公园。园内有一片池沼，名叫芦之湖。早些年，大哥似乎捐赠过一艘游览船给公园。不一会儿，列车到达中里。它是一座人口约四千的小镇。由此地开始，津轻平原地势越来越狭窄，往北可到内潟、相内、胁元等村落，水田面积明显减少，也许这里可以称为津轻平原的北门。幼年时代，我曾来过这里玩耍，因为家中一户姓金丸的亲戚就在当地经营吴服屋。那时我差不多只有四岁，除去村外那道瀑布，其余都记不大清了。

"阿修。"有人在唤我的名字。我回过头一看，金丸家的女儿正笑嘻嘻地站在那里。她比我年长一两岁，看上去却一点都不老。

"好久不见。你打算去哪里？"

"哎，我准备去一趟小泊。"我一心期盼快些同阿竹重逢，对于别的事便有点心不在焉，"我要搭这趟巴士过去，那么，失陪了。"

"这样啊。你回程记得来我家一趟哟。我们在那边的山上盖了栋新房子。"

顺着她手指的方向看去，只见车站右手边绿色的山丘上矗立着一栋崭新的屋舍。倘若此行不是为着去见阿竹，我一定会很开心地看待自己与这位青梅竹马的偶遇，并且乖乖地顺路前往她的新家做客，好整以暇地同她畅聊中里的见闻。奈何眼下我一分钟也不愿意浪费，根本没有耐心理会这些琐事。

"我走啦，下回见。"我语气敷衍地同她道别，匆忙搭乘巴士离开。巴士里非常拥挤。在去往小泊的路上，整整两个小时我都一直这么站着。中里往北的大片土地，皆是我迄今为止不曾到过的地方。被称作津轻远祖的安东氏一族，从前就住在这一带，前文我已描述过当年十三凑的繁荣盛景，而关于整个津轻平原的重要历史进程，似乎可以放在中里至小泊这片地域内。

巴士爬上山路往北行进。眼看路况越发恶劣，车身颠簸得厉害。我牢牢抓住行李架的铁杠，弯腰打量窗外的风景。果然已置身北津轻了呢。与深浦等地的风景相比，这里有些荒凉，人迹罕至。山上的树林、灌木和竹丛自顾自生长，仿佛与人毫无关系。虽说同东海岸的龙飞相比温和不少，但附近的草木所构成的视觉印象还是离"风景"有一步之遥。因为，它们与旅人从无对话。不一会儿，十三湖映现在视界之中，冰冷地泛着苍白水光，犹如一枚盛着水的浅浅的珍珠贝壳。这片湖泊优雅却遥远。湖面平静无波，看不见一只船。它分外空阔，也不发出任何声音。它是一汪遭人遗弃的孤独水泽。连流云和飞鸟都不屑在湖面留下影子。列车行过十三湖，不一会儿来到日本海海岸。这附近差不多也被划入国防的重要区域，因此同前文一样，具体细节不再详述。

临近正午时分，我顺利到达小泊港。它是位于本州西海岸最北端的港口。再往北翻过山岭，就是东海岸的龙飞。换句话说，这里是西海岸最后一座小镇。以五所川原一带为中心，我像落地钟的钟摆一样，从旧津轻领西海岸南端的深浦悠悠地晃回原点，紧接着一口气荡到位于同侧海岸北端的小泊港。

这里其实是座人口约二千五百的渔村，中古时代便有他县船只进出，尤其是通往虾夷的船舶，为了躲避强劲的东风，一定会在这处港口稍事停留。前文我曾多次提到，在江户时代，它与附近的十三凑同为运送稻米、木材的重要港口，至今这座筑港依然气派十足，与村落的氛围不甚协调。水田位于村外不远处，面积十分有限，不过水产相当丰富，不仅能捕捞鲉鱼、六线鱼、乌贼、沙丁鱼等鱼鲜，还盛产海带、裙带菜等数量丰富的海藻。

"请问您认识越野竹这个人吗？"走下巴士，我拉住一位路过的行人，立刻向对方打听。

"越野……竹吗？"对方是位中年男子，身穿国民服①，看上去像是村公所职员的模样，他歪着头思索了一会儿道，"这个村子里有不少人家都姓越野……"

"她以前生活在金木町。再就是，如今五十岁左右。"我拼命解释道。

"啊，我想起来了。这里的确有你说的这么一位。"

"果然有吗？她住在哪里？家在哪个方向？"

我按照男子指点的方位走过去，找到了阿竹现在的家。那是一间店面将近六米宽的五金铺，小小巧巧，比我在东京租住的破屋倒是气派十倍不止。店铺门口静静地垂着暖帘。不好，这么想着，我立刻冲到入口处的玻璃门旁一瞧，果然门上挂着一把小巧的南京锁，将店铺锁得严严实实。我试着推了推旁侧的玻璃门，每一道都关得牢牢的。没有人在家。我束手无策，擦了擦汗。还好并不像搬家了，大约临时有事外出了吧。

---

① 国民服：日本于1940年法定的男子服饰。

不对，这里是乡下，和东京应该不一样，乡下人出门怎么会这般郑重其事地放下门帘、紧闭门窗呢？阿竹这一趟说不定会出去两三日甚至更久。这可糟糕了。莫非阿竹有事去了别的哪个村子？这很有可能。我真是傻瓜，以为找到她的住处便万事大吉。我叩了叩玻璃门，连声唤道："越野太太，越野太太。"当然没有得到任何回应。我叹了口气，走去街对面那间离阿竹家几步之遥的烟草铺，向对方打听："越野太太家好像没人，请问您知道他们上哪儿去了吗？"店铺里那位精瘦矍铄的老太太若无其事地回答："不是去参加运动会了吗？"

我顿时来了精神："那么，运动会在哪儿举行？是在附近吗？还是……"

老太太告诉我运动会场就在附近，离这儿很近。沿着这条路一直走，路过一片农田，再往前是学校，运动会便在学校背后的场地举行。

"今天早上，我还瞧见她拎着几只饭盒，和孩子一块儿去了。"

"是这样啊。谢谢。"

于是，我又按照老太太指点的方向，顺利找到那片农田，沿着田间小道走了一会儿，看到一座沙丘，沙丘上面便是那所国民学校。我绕到学校背后一看，整个人目瞪口呆。这是一种怎样的心情呢？它简直令我以为自己在做梦。这座本州北端的渔村，此刻正举行一场盛大的庆典，它美丽而喧嚣，甚至飘荡着一抹悲凉的意味，与从前的庆典别无二致。我首先看见那些飞扬的万国旗，其次是盛装打扮的姑娘们，还有四下里分明是在白天却醉醺醺的人群。运动场周围密密麻麻地搭建起近一百间简易凉棚，不对，若光是运动场周围，根本容纳不下这么多凉棚，我发现就连那座能够俯瞰运动场的小山丘上，也齐齐整整地立着一间间铺有席子的凉棚。似乎正值午餐休息时间，家家户户各自坐在铺着榻榻米的凉棚里，揭开便当套盒，男人们举杯对酌，孩子与女人们享用餐食，言笑晏晏。见此情景，我越发切实地体会到，在本州北端的贫寒村落，能够举行如此朝气蓬勃的宴会，真是让人不敢想象。古代诸神豪放的笑颜与豁达的舞步，就这样毫无遮拦地展现在我眼前，而地点竟然是本州的某片穷乡僻壤。我觉得自己仿佛童话故事的主人公，为了找寻失散已久的母亲，不惜跋山涉水三千里，最终抵达国境边缘的沙丘上，却适逢一场喧嚣华丽的祭神舞乐。那么接下来，我必须从这群欢天喜地祭祀诸神的人群中，找出那位养育我多年的母亲。

我和阿竹近三十年来未曾谋面。她有着大大的眼睛和红润的脸颊。记不清是在右眼睑抑或左眼睑上有一颗赤色的小痣。关于她的容貌，我只记得这么多。可我很有信心，倘若见到本人，必定可以认出。环顾一遍运动场，我差点没哭出来。要在茫茫人海里寻找一个人，难度果然不小。我连从何处着手都不晓得，只好围着运动场漫无目的地绕圈子。

"请问您知道越野竹在什么地方吗？"我鼓足勇气，询问身边的青年，"她大概五十岁，就是镇上五金铺的那位越野太太。"这些已经是如今我对阿竹的全部了解。

"五金铺的越野……"青年思索着，"啊，我仿佛在对面那边的凉棚里看到过她。"

"是吗？是那边吗？"

"其实，我也不太确定。总觉得在那儿看到过。你去找找看吧。"

青年口中的"找找看"，委实是一项费时费力的大工程。而我又不能对青年煞有介事地说，我与对方已经阔别三十年之久，云云。我对青年礼貌地道了谢，惴惴不安地按照他随手所指的方向找去。可这样根本无济于事。最后，我终于猛地蹿进一间凉棚，里面的一户人家正围坐在一起，享受午餐时光。

"恕我冒昧，打扰一下。请问越野竹……就是五金铺的那位越野太太，在这里吗？"

"你找错人了。"身材胖胖的太太十分不悦地皱眉道。

"这样啊，真是抱歉。请问您有没有在附近瞧见过她呢？"

"这个我就不知道了，毕竟这地方人多得很。"

我又去了别的凉棚挨个打听，对方说不知道，于是我再去别的凉棚。仿佛被不知名的东西附身一般，我逐一询问对方："阿竹在吗？五金铺的阿竹在吗？"绕着运动场走了两圈，我仍旧一无所获。宿醉似乎还没有消退，嗓子也干得难受，我去学校的水井边喝了点水，接着回到运动场，在沙丘上坐下，脱掉夹克外套擦了擦汗。我坐在那里，怔怔望着远处的男女老少，以及他们幸福快乐的模样。人群中的某一处，阿竹就在那里，确实就在那里。她对我迄今为止的艰难困苦一无所知，正打开便当套盒，照顾自家孩子吃午餐。我甚至想过，不如拜托学校的老师广播寻人，在校园喇叭里大喊："越野竹太太，有人找。"但是另一方面，我又极其厌恶这种粗暴的方式。我不喜欢利用如此夸张的近乎恶作剧的手段，无理取闹地伪造出自己的喜悦。或许与阿竹是今生无缘了。神明告诫我不可见。那么，我便回去吧。

　　我穿上夹克外套，站起身，复又沿着方才的田间小道回到村里。运动会大概四点结束。接下来的四个小时，我准备在附近的旅馆里睡一觉，等待阿竹回家，想一想，这样做不也很好吗？不过虽有这番打算，我却不敢确定，在这四小时里，独自一人蜷缩在旅馆肮脏的客房，经受漫长的等待，我会不会控制不住怒火，赌气地一走了之。我太希望以此时此刻的心情与阿竹重逢。然而，我怎么都找不到她。即是说，我与她没有缘分。不远千里来到这儿，明知她就在触手可及的地方，却遍寻不着，只得无奈地踏上归途。或许这样的结局才最符合迄今为止我那参差无序的人生。一直以来，我兴高采烈制订的计划，无论何时总会以这样一种形式，毫无例外地全盘落空。这种机缘上的不凑巧，便是我避无可避的宿命。回去吧。仔细想想，即便她对我有养育之恩，讲到底也无非是家中的用人。不就是一个女侍吗？而你难道是女侍的儿子吗？堂堂一个男人，年纪也不小了，却对昔日家里的女侍依恋不已，还口口声声嚷着想要见她一面，就是这样你才永远一事无成。难怪过去哥哥们曾毫不留情地奚落你，说你是个软弱无能、没有骨气的家伙。家里所有兄弟，只有你与众不同，为何独独是你这么拖泥带水、惹人厌弃、卑微低俗呢？你就不能振作精神，好好过自己的人生吗？

我来到巴士站，向站务员打听发车时间。一点三十分有一趟开往中里的巴士，而且是下午唯一的一趟，错过了就得等明天。我决定搭乘一点三十分的那趟巴士回去。此刻距离发车还有半个小时左右。我觉得有些饿，走进巴士站附近一间光线薄暗的旅馆，跟对方说："我赶时间，午饭能快些上吗？"话虽如此，我却感觉内心果然依依不舍。倘若一会儿吃饭时，觉得这家旅馆还不错，也不是不能逗留到四点再离开，然而对方的拒绝迫使我打消了这个念头。那位面有病容的老板娘从里间迅速探出头，冷淡地解释了一句，今天她丈夫和大家一块儿参加运动会去了，旅馆没法招待客人。

我终于决定就这样离开，坐在巴士站的长椅上休息了差不多十分钟，随后站起身，四下里随意绕了一圈，想着不如再去阿竹家一趟，向那间没有人的屋子道一句再见，作为今生的诀别。我一面苦笑，一面走到阿竹家的五金铺。谁知不经意地一瞥，发现入口处的南京锁已经卸掉，而且大门留着两三寸宽的缝隙。到底是天助我也！我内心的勇气瞬间增长百倍，砰当一声——仿佛不用这个词，就没法形容我的粗暴举止一般——推开玻璃门冲进屋去。

"请问有人在吗？请问有人在吗？"

"来了。"里间屋内传来回应，一个约莫十四五岁、身着水手服的女孩子露出脸来。看见女孩的那张脸，我脑海中立刻清晰地浮现起阿竹的容颜。

想到此，我毫不客气地径直走去土间①，站在女孩面前，对她自报姓名："我是金木町的津岛。"

少女"啊"了一声，随即笑了起来。或许很早以前，阿竹已对女儿聊过在津岛家养育主家小孩的往事。仅仅凭借这种羁绊，我与少女之间就能免去一切冗余的客套。我想上天终究还

---

① 土间：未铺设地板或以三合土铺地的房间。

是给了我机会。我，是阿竹的孩子。此刻，即便被他人嫌弃我是女侍的孩子或是别的什么，都无所谓了。我想大声宣布，没错，我就是阿竹的孩子。即便这么做会被哥哥们轻视也无所谓了。我就是眼前这名少女的兄长。

"啊，真是太好了。"我不由自主地脱口而出，"阿竹呢？还在运动会那边？"

"是的。"少女面对我时毫无戒备羞涩之意，沉着大方地点点头道，"我肚子疼，刚才是回来拿药的。"

尽管对少女的腹痛表示同情，然而在我看来这是再好不过的一桩意外。我对她的腹疼表示衷心感谢。既然遇上了这孩子，我大可安心了。没问题的，今天一定能够见到阿竹。不管发生任何事，我都要缠着这个女孩，不和她分开。

"我在运动场上找了好大一圈，就是没有看到她人。"

"是吗？"女孩应了一声，微微点点头，手摁着肚子。

"还疼吗？"

"还有点儿。"她说。

"吃药了吗？"

她默默地点头。

"疼得很厉害？"

闻言她笑了笑，摇摇头。

"那么，拜托你了，待会儿就带我去阿竹那里吧。我晓得你肚子还在疼，可我为了见她，也是大老远跑过来的。你还走得动吗？"

"嗯。"女孩使劲点了点头。

"了不起，真了不起！那么接下来就麻烦你啦。"

女孩连连点头，很快走下土间，穿上木屐，手依旧摁着肚子，弯着腰走出家门。

"你在运动会上参加跑步了吗？"

"参加了。"

"得奖了吗？"

"没有呢。"

她一面摁着肚子，一面在我前面带路，速度飞快。我们再次走过那条田间小道，走过沙丘，回到学校背面的运动场，从场地中央横穿而过，然后少女一路小跑地钻进一间凉棚。不一会儿，阿竹走了出来。她看着我，目光有些茫然。

"我是修治。"我笑着摘掉帽子。

"啊呀。"她轻描淡写地说了一句，脸上没有笑意，神情严肃。可是，她随即放松了僵直的姿势，仿佛若无其事却又像放弃了什么，语调柔软地道："进来坐吧，看看运动会。"我跟着阿竹走进凉棚。"就坐在这边吧。"她让我在她身旁的位子坐下，之后便一言不发，只是端端正正地跪坐在那里，穿着劳动裤，两手放在蜷起的膝盖上，热切地关注运动场上孩子们的赛跑。然而，对此我并未感到丝毫不满，甚至可以说彻底安下心来。我伸直双腿，愣愣地盯着运动场，心中没有忧虑也没有牵念。什么都没有，什么都不会有——是这样一种全然的无忧无虑，好像发生任何事都不会在意。大约所谓心平气和，指的正是我此时此刻的情绪。我又觉得，倘若这个判断没错，那么有生以来，自己还是头一回体会何为真正的心平气和。

我的亲生母亲在前几年去世了。她的确是一位高雅端庄的母亲，然而从不曾带给我这种不可思议的安宁感。我不晓得世间的"母亲"，是否会在普遍意义上让自己的孩子体会到放松与休憩的感觉。如果这是真的，那么孩子也会想尽办法孝顺母亲吧。我无法理解有些人明明非常幸运，拥有那样好的母亲，却还会糟蹋自己的身体、好吃懒做。孝顺母亲应是发乎自然之情，而非伦理纲常。

阿竹的脸颊依旧红润，右眼睑上赫然有一颗罂粟粒般的小小红痣。她鬓发有些斑白，可我觉得，此刻坐在自己身边的阿竹与幼时记忆中的阿竹相比，并没有什么变化。后来我听阿竹说，当年她在我家帮佣时经常背我，那会儿我大概三岁，阿竹十四岁。之后的六年时间，我在阿竹的教导下慢慢成长。可是，我总感觉留在自己记忆中的阿竹，绝不是一个年轻姑娘，而是如眼前所见一般的老成妇人。后来阿竹还告诉我，我们重逢的这一日，她腰间系着的绀色菖蒲花腰带，是她在我家帮佣时也系过的，还有那条浅紫色的和服衬领，也是同一时期从主家得到的。或许就是这个原因，我才会觉得那一日身边的阿竹散发着与记忆中的她一般无二的气息。大约出于偏袒自家人的心理，我固执地认为阿竹与这座渔村的其他阿芭（与"阿亚"相对的femme称谓）拥有迥然不同的气质。她身着簇新条纹手织棉布上衣，同款布料劳动裤，条纹虽说不算别致生动，品位却很独特，一点也不流俗。她浑身上下透出强势。我静静地坐着，始终不发一言。过了一会儿，阿竹耸耸肩，长长叹了口气，视线却笔直地停留在运动场上。那一刻我终于发现，原来阿竹并非真正无所感。不过，我们谁也没有说话，沉默依然逗留在两人之间。

"你要吃点什么吗？"她对我说。

"不用了。"我回答。此时真的一点也不想吃。

"有糯米糕哦。"阿竹伸手就要去拿搁在凉棚角落里的便当套盒。

"真的不用。我不想吃。"

阿竹轻轻地点头，也不再客气地劝我吃东西。

"你想吃的其实不是糯米糕吧。"她低声说着，微微一笑。我们已有近三十年未曾通信，她却敏锐地察觉到我喝酒的嗜好。真是不可思议。

我笑得有些难为情，阿竹却蹙起眉道："也学会抽烟了吧？从刚才起，你就一根接着一根在抽。阿竹从前教过你读书习字，可从没教过你抽烟喝酒啊。"神情与过去对我说着"千万不可因此而松懈"时一模一样。我收敛了笑意，表情认真地聆听她的教诲，这回却轮到阿竹笑起来，很快她站起身，邀请我道："要不，一块儿去看看龙神大人的樱花吧，如何？"

"好啊，走吧。"

我跟在阿竹身后，登上凉棚后面的小沙丘。那里盛开着一片紫罗兰，紫藤匍匐的藤蔓画出曲折的线条。阿竹默默爬上去。我也没有说话，步履悠然地紧随其后。越过沙丘，慢慢往下走，没一会儿便来到龙神之森的入口。森林的小径上处处绽放着八重樱。突然，阿竹伸手摘下一截八重樱的细小花枝，一边往前走，一边一瓣一瓣地摘下樱花扔在地上。而后，她倏然停住脚步，猛地朝我转过身，打翻话匣般滔滔不绝地道：

"真是好久不见啦。刚才第一眼看到你，我完全没认出来。听女儿说起金木町的津岛，我还猜应该不可能吧。根本没想到你会过来。从凉棚出来，看见你的脸，我依然没能认出是你。你说你是修治，我竟不大确信，只想着会不会是你，可偏偏问不出口，也顾不上再看什么运动会。有三十年了吧，阿竹一直盼望能见见你，每天净想着，还能再见你吗，或者再也见不到了？一想到你已经长这么大，为了见阿竹一面，大老远专

197

程跑来小泊，阿竹心里就不晓得是该感激呢，还是高兴呢，还是难过呢。不过没关系，那些都不重要啦，你来了就好呀。阿竹在你家帮佣的时候，你还在摇摇晃晃地学走路，总是摔了跤又爬起来，爬起来再继续走，怎么走都走不稳。吃饭时也总爱拿着碗在家里四处乱窜，最喜欢躲在仓库的石阶底下吃。你还缠着我给你讲故事，一个劲儿盯着我的脸，偏要我一勺一勺地喂你，虽然是个不省心的孩子，但也着实教人心疼。看看你现在，都长这么大了，我简直觉得那些往事就像一场梦。偶尔我也会回金木瞧瞧，走在镇上，心里估摸着说不定你就在附近玩耍呢，于是看到同你年纪差不多大的男孩，我会走上去，一个一个仔细辨认他们的模样。你能来看阿竹，实在是太好啦。"阿竹一句接一句地道，手里拿着那截樱花花枝，每说一句便浑然不觉地扯下花朵扔掉，再扯下一朵，依旧扔掉。

"孩子呢？"终于，阿竹将花枝也折断扔掉了，伸开双臂，将裤腰微微往上提了提，"家里有几个孩子？"

我轻轻倚在路旁的杉树上，回答："一个。"

"男孩还是女孩？"

"女孩。"

"几岁了？"

阿竹一句紧接一句迫不及待地发问。面对阿竹那强烈的无所顾忌的情感表达，我恍然大悟，啊，原来我与阿竹这般相似。家里的所有兄弟中，唯有我性情粗野、欠缺沉稳，不无遗憾的是，它们恰好秉承于这位养育我的母亲。此时此刻，我第一次被清晰告知了自己的成长本质。我绝不是一个被上流社会环境塑造出来的男人，难怪举止与其他有钱人家的孩子迥然相异。你看，我所难忘的故乡旧友，无论青森的T君，还是五所川原的中畑先生，抑或金木的阿亚，以及小泊的阿竹，他们都是同一类人。阿亚至今仍在我家做事，而其他人或多或少曾在我家帮佣。我与这些人才是朋友，我们彼此契合。

好了，我无意假借古代圣贤"获麟"①的典故装腔作势，然而这篇于战争时写下的新津轻风土记，却也可以视作自己"获友"的告白，假如就此搁笔，想来没有太大问题。其实我仍有许多琐事尚欲书写，不过关于津轻的生活样貌，大体上已借由此前的描绘讲述得相当细致，再没有别的要说。我的文字没有伪饰，也没有欺骗读者之处。再会，诸君，倘若今生还能相见，那便且待他日吧。让我们打起精神走下去。切勿绝望。就这样，告辞了。

---

① 获麟：相传公元前481年，鲁哀公狩获麒麟，孔子以为不祥之兆，作《春秋》至此而辍笔。

青　森

我在青森住了四年，念的是青森中学。当时借住在亲戚丰田家，一直受他们照顾。丰田氏在寺町经营吴服屋。丰田家已故的父亲大人对我颇为关照，从各方面给予我勉励与支持。因此在这位父亲大人面前，我也总是任性妄为。

父亲大人是个好人，却在我干尽蠢事、一事无成的懵懂年纪离开了人世，为此我憾恨不已。我总想着，倘若他还在世，哪怕只有五年、十年也好，我便多少能够拿出像样的成果，博得他的欢心。如今回忆起来，脑海中唯余父亲大人对我无可取代的关爱，心里只觉更加遗憾。假如我在学校考试中取得稍微不错的分数，父亲大人会比任何人都开心。

我念初二时，发现位于寺町的窄小花店内装饰着五六幅西洋画。即使是一颗童心，也为那些画所感染。没过多久，我花两日元买下其中一幅，送给丰田的父亲大人，并且大言不惭地说，这幅画在不久的将来肯定价值不菲。父亲大人听完笑了起来。我想，那幅画大约至今依旧收在丰田家。眼下即便标一百日元也算贱价出售了。它是栋方志功①氏的早期杰作。

我在东京时常能看到栋方志功氏的身影。由于他步态太过器宇轩昂，我总是假装没看见，不过依然觉得，当年志功氏的画确属相当难得的佳作。这段故事已是近二十年前的旧事，我猜丰田家的那幅画一定增值不少吧，若果真如此，便再好不过了。

---

① 栋方志功（1903—1975）：日本现代版画家的代表人物，出生于青森县。作品质朴古拙，包含深沉的精神力。1956年参加第28届威尼斯国际版画双年展，是首位获得国际版画大奖的日本人。主要作品有《十大弟子版画栅》《天地乾坤韵》《柳绿花红版画栅》等。

佐　渡

"OKESA丸"号总重四百八十八吨。规定载客人数，一等
舱二十名，二等舱七十七名，三等舱三百零二名。劳动报酬，
一等舱三日元五十钱，二等舱两日元五十钱，三等舱一日元
五十钱。行程，六十三千米。预计午后两点从新潟出发，四点
四十五分抵达佐渡夷。汽船速力，十五节①。你一定很好奇我
去佐渡究竟要做什么吧？十一月十七日，天空飘落蒙蒙细雨。
我穿着绀色的碎白花纹和服与日式裤，脚踩薄木片做成的便宜
木屐，站在船尾的甲板上，既没有披斗篷，也没有戴帽子。汽
船沿信浓川而下，一路顺畅无阻，轻快前行。并立在河岸上的
一座座仓库接连不断地目送我离开，直至我的身影远离它们的

---

　　① 节：专用于航海的速度单位，1节约为1海里/时，约为1.852公里/时。

视界。我看见了潮湿的黑色防波堤，其尽头矗立着白色灯塔。已经到河口了，接下来很快将进入日本海。随着船身一次剧烈的颠簸，汽船终于来到海面。关键时刻，引擎加大马力，发出巨大声响。那一刻它是多么认真在工作。船速达到十五节。很冷。我把新潟的港口抛诸脑后，钻入船舱。二等舱内光线薄暗的一隅，我问服务员借来白色毛毯，打算裹着它酣然入梦，祈祷自己千万不要晕船。我对乘船毫无自信，甚至可以说内心极度没谱。起初我还随着船身摇摇晃晃，打算假装睡死过去，后来干脆闭着眼睛，动也不动。

　　去佐渡究竟要做什么呢？说来我自己也不明白。十六日，我在新潟的某所高中发表了一场拙劣的演讲，第二日便搭上这艘汽船。我听说佐渡是个寂静的地方。有人说它简直寂静得要死。于是在很早以前，我已对那里念念不忘。比起天国，我更偏爱地狱。至于关西的丰丽、濑户内海的明媚，我也从别人口中听说过，虽有一时半会儿的憧憬，却提不起兴致立即出发。以前我去过相模、骏河等地，更远一点便是从未涉足之地了。我想等年岁再长些才去。我想等心境平和、具备充裕的玩赏之心，再悠闲地逛一逛关西。眼下，我更为记挂的是地狱那一方。倘若要去新潟，不妨顺道去趟佐渡。非去不可。换句话说，仿佛被死神的召唤所牵引，毫无缘由地，我为佐渡倾倒。大概我的性情尤其多愁善感。寂静得要死的地方，那很好。这个念头令我感觉惭愧。

然而，当我装死地躺在船舱一隅，又着实后悔万分。去佐渡究竟要做什么呢？到底是为了钟情的何种事物，才会明知那里一无所有，也要在如此寒冷的季节，摆出煞有介事的表情，穿上日式袴，独自前往那般寂寞的地方？也许很快我便会晕船了。我并没有夸赞谁。我觉得自己是个傻子。为什么无论长到多少岁，都总是会做这种蠢事呢？现在的我，根本没有资格完成这种奢侈的旅行。从眼下家里的经济状况来看，便是连一钱也不应浪费，我却在一时的心血来潮之下，计划了这趟无聊的旅行。明明毫无兴趣，一旦不小心说出口，即便意气用事也要去实行。假使不那么做，就好像对谁撒了谎，十分不痛快；又好像输掉一切，十分不痛快。明知是蠢事，仍旧去做，之后沉浸在剧烈的悔恨中不可自拔。毫无用处。无论长到多少岁，总是重蹈覆辙。这真是一趟愚蠢的旅行。为什么偏要去佐渡不可呢？根本就毫无意义，不是吗？

我裹紧毛毯躺在船舱一隅，老觉得心中不够畅快。我在生自己的气，非常生气。即使去了佐渡，也必定只会发生不妙的事。好一会儿我都合着眼睛，不住地骂自己傻瓜、蠢蛋，终于蓦地坐起身，并非因为晕船想吐，恰恰相反，我老老实实一动不动地装死躺了大约一小时，一点没有晕船的感觉。我想大概没什么问题，于是放心地躺了一会儿，觉得十分无趣又坐起来。刚站直身体，一阵晕眩罩下。船身剧烈摇晃。我倚靠墙壁，扶着柱子，跌跌撞撞地走出船舱，站在船腹的甲板上。我睁大眼睛，有些不安地东张西望。佐渡即将出现在视线里。岛上满是红叶，岸边覆盖着赤土的崖壁被海浪哗哗地不断冲刷。我已经来了，虽说比预计的时间早很多。此时距离出发不过一小时。旅客们安安静静地躺在船舱里睡觉。两三个四十岁模样的男人站在甲板上，慵懒地眺望前方的岛屿，随意抽烟。没有人为此兴奋。情绪高昂的唯独我一人。岛屿的岬角耸立着灯塔。我终究来了。然而，没有人吵嚷。鼠灰色天空，很是低沉。雨已经停了。岛屿距离甲板不足一百米。船只沿着岛岸平稳前行。我有些明白了，也就是说，汽船沿岛屿背阴处而行，然后会在适当的位置停泊。这样一想，我多少放下心来。我强忍着晕眩，绕到船尾。新潟，不，整片日本内陆已消失无影。视界里只有阴郁、森寒的大海。海水给人黑漆漆的感觉。动荡卷扬的螺旋状泡沫四散飞溅，在黑色海水之中，好像鹭鸟般鲜明。宽广的水路如同绽开的巨大螺旋，铺展出重重细软的波浪线。日本海是一幅水墨画，得出这个无聊的结论，我甚至有些得意。大概就像好奇瞧着水底的小鸭，没错，那一刻我的脸应该很像它。接下来，这只得意的小鸭跟跟跄跄地回到船腹的甲板上，面对眼前无言的岛屿，却不得不怀疑纳闷。汽船与岛屿佯装互不相识。岛屿根本没有迎接汽船的意思，只是默默目送它离去。汽船也无意同岛屿寒暄，步调单一地径直越过它前行。眼看岛屿岬角上的灯塔离自己越来越远。汽船平稳地驶向前方。先前我以为汽船会沿岛屿的背阴处绕行，略感安心，现在看来似乎不是。岛屿被汽船抛下了，或许它并非佐渡岛。小鸭十分狼狈。昨日在新潟的海岸上望见的，正是这座岛屿。

"那座岛屿是佐渡吧？"

"是的。"高等学校的学生回答。

"可以看见灯塔吧？歌词里说'佐渡睡着了，看不见灯塔'①，那么它的反语就是'醒来以后，遥望见灯塔'，所以应该可以看见灯塔吧？"我的据理力争全无意义。

"看不见。"

"是吗？这样说来，那首民谣是骗人的呢。"

学生们笑了，为歌里提到的那座岛屿。没错，此刻我以为这座岛屿的确便是佐渡，然而汽船正佯装素不相识地离它而去，对它置之不理，或许这并非佐渡岛。就时间而言，假如这是佐渡，那么我们抵达得也太早了，所以它不是佐渡。我羞愧得不知所措。昨日在新潟的沙丘上，我格外郑重其事地贸然断定，"那座岛屿是佐渡吧"，学生们明知是个天大的误会，但眼见我用异常庄重的语气盲目下了结论，若他们对此加以嘲

---

① 歌词出自新潟县民谣《佐渡OKESA》。

笑否定，我就太可怜了，所以或许为了掩饰我的无知，他们才回答"是的"。然后，他们肯定会怀疑我是个傻瓜老师，再模仿我的口吻笑成一团，"那家伙竟然说什么'可以看见灯塔吧'"，想到这里，我就差当即脱掉日式裤把它扔进海里。可我忽然转念一想，不对，事情不可能是这样。从地图上看，新潟附近应该只有一座佐渡岛，昨日的学生也都是品行诚实之人。这座岛屿是佐渡没错，我试着重新思索一遍，然而没法确定。汽船毫不留情地前行。旅客都安安静静的。我独自一人在甲板上徘徊，坐立难安，好几次想找人问个清楚。不过，如果这是佐渡岛，而我身在驶往佐渡的汽船上，又怎能问出"那座岛叫什么来着"这样愚蠢的问题呢？或许会被当成疯子。唯独这个问题，我是无论如何也问不出口的。因为一旦问出来，就会像走在银座，却问"这里是大阪吗"一样奇怪。我没有开玩笑，我感到懊恼又焦躁。我想知道岛屿的名字。这艘汽船的众多旅客中，存在着一个尽人皆知的奇妙真相，唯独我不了解。真相的确存在。海面渐渐变得阴沉，令我困惑的静默岛屿被染成一抹黑色，很快离汽船远去。总之这座岛屿是佐渡，新潟的海面上绝对没有别的岛屿如它一般。肯定是佐渡。说不定汽船是计划围着这座岛绕一大圈，再停靠在背阴的港口。只能这么认为了，我得出穷极无路似的结论，并试图冷静下来，可果然还是郁郁寡欢。不经意透过前方薄暗的海面望了一眼，我瞠目结舌。这真是意外的发现。毫不夸张地说，我甚至感觉恐怖，一阵毛骨悚然。汽船正前方，遥远的前方，能够望见一片幽寂青苍的"大陆"影子。我仿佛看到了令人厌恶的东西。我假装没看见。然而"大陆"的影子，确确实实浮现在水平线上，呈现一抹薄薄的青苍色。我想，那不会是中国吧？怎么可能，我很快打消了这个念头。脑海里的混乱直逼顶峰。我又想，那不会是日本的内陆吧？可那样一来方向就反了。朝鲜？不可能，我慌忙否定。简直乱七八糟。能登半岛？当我这么想着的时候，背后的船舱发出喧嚣声。

"快看，已经可以望见了呢。"这样的句子钻进我的耳朵。

我有些不耐烦。原来那片"大陆"才是佐渡，简直大得过分，这岂不是同北海道没什么区别吗？和台湾地区比如何？我认真思索着。假如那片"大陆"的影子是佐渡，那么我至今为止的苦心观察就是彻头彻尾的错误。高等学校的学生骗了我。如此说来，眼前全无意义的黑色岛屿，究竟叫什么名字？没有意义的岛屿，迷惑人的思绪。这样的岛屿，或许很早之前便存在于新潟与佐渡之间。初中时代起，我就不喜欢地理，我没有任何地理常识。我信心全失，停止了观察，转身回到船舱。如果那片云霭模糊的"大陆"是佐渡，那么汽船还得花相当长一段时间才能抵达，这么早开始喧哗纯属白费力气。我再次感到烦躁，扯过毛毯，躺在船舱一隅睡过去。

可其他乘客与我相反，蓦地起身开始洗漱梳妆。年轻的夫人们甚至披上丈夫的大衣，雀跃地走上甲板眺望风景，周遭渐渐变得嘈杂。我再次翻身坐起来。只有自己是个蠢蛋。服务员前来收取毛毯。

"快到了吗？"我故意装作睡糊涂了似的问道。

服务员很快瞥了一眼腕表，回答："还有十分钟。"

我有些手忙脚乱，一时不知该做什么。我从包里翻出毛线围巾，裹在脖子上走去甲板。汽船平稳地行驶着，引擎的声响也很温和沉静。天空、大海已全然幽暗一片，雨淅淅沥沥地落着。透过前方的昏暗暮色望去，港口亮起稀疏的灯光，甚至有二三十盏之多。那一定便是夷港。不少乘客洗漱完毕，来到甲板上。

"爸爸，刚才那座岛是？"一名身穿赤色外套的十多岁少女，正问着身旁的绅士。我悄悄把所有注意力都集中在这段对话里。这家人似乎从城市来，肯定也和我一样，是第一次到佐渡。

"是佐渡哟。"父亲回答。

这样啊，我随少女一块儿点头，打算好好听一听父亲的说明，便轻轻往这家人身边凑过去。

"爸爸也不是很清楚呢。"绅士语气不安地补充道，"总之岛屿的形状是这样的，"他一边说着一边用两只手比画出岛屿的形状，"岛屿长成这个样子，汽船从这里经过，看上去岛屿就像有两个一样，对吧？"

我稍稍踮起脚，瞄了一眼父亲的手势。啊啊，我完全明白了。一切都要归功于这名少女。即是说，佐渡岛呈倒写的"工"字形，由一块纽带似的低矮平原连接起上下两列平行山脉。大一些的山脉属于刚才瞧见的云霭模糊的"大陆"。更早时候我望见的沉默岛屿，是较小的那列山脉。而平原地势太低，从海面上几乎望不到。不久之后，汽船将抵达位于平原的港口。事实仅是如此。我对这个答案很满意。

我来到佐渡岛上，这里和内陆没什么区别。大约十年前，我去过北海道，刚踏上那片土地便兴奋起来，脚踩在上面，感觉格外特别。植物的根系厚实硕大，可见这里的土壤、地底构造与内陆迥异。我断定那才是同大陆相连的土地。之后我对北海道的友人提及这个发现，友人对我的直觉很是敬佩，然后举出许多例证，予以详细说明：正是如此，由于津轻海峡的阻隔，北海道与日本内陆在地质上是分离的，倒不如说和亚洲大陆属于同种地质。因此，一踏上佐渡的土地，我便不动声色地验证了一番脚下的感受。没有任何区别，这里与内陆的土地别无二致，这里是新潟的延续。我迅速做出判断。天空落着雨，我没有撑伞，也没有披斗篷。我这个身高五尺六寸五分的地质学者，此刻有些茫然。对于佐渡的热情，差不多消散殆尽，想着就这样掉头回去也好。我不知所措。港口昏暗的广场上，我夹着手提包，漫无目的地徘徊。

"这位客人。"来人是旅馆的接客人员。

"好了，走吧。"

"不知您要去哪里？"倒是轮到年迈的领班张口结舌，或许因为我的语气太过强硬。

"就去那里吧。"我指了指领班提着的灯笼，上面写有"福田旅馆"的字样。

"明白了。"年迈的领班笑道。

领班为我叫来小汽车，我们一块儿上车。镇上光线昏暗，感觉有些类似房州①附近的渔村。

"旅馆客人挺多吧？"

"不多，生意冷清啊。一过九月，几乎就没什么客人了。"

"你是东京人吧？"

"是的。"白发方脸的领班淡淡笑道。

"福田旅馆在这里还算不错吧？"这并非胡乱询问。事实上，在新潟时，从学生们口中我听闻过三两家不错的旅馆名

---

① 房州：安房国的别名。安房是日本旧国名，位于今千叶县南部。

字，记得福田旅馆排在第一名。方才在港口的广场，旅馆接客人员冲我打招呼时，我便很快瞥了一眼对方手上的灯笼，见上面写着"福田"，当下决定住宿。总之，在这里住上一宿吧。"今晚本来打算直接去相川的，不料天公不作美，正愁怎么办才好呢，就听到你冲我打招呼。一看灯笼，上面写着'福田旅馆'，我便决定在贵店住上一晚。我是从新潟人那里听闻贵店大名的，见到灯笼，立刻就想起来了。贵店是一等一的好旅馆，大家都这么说呢。"

"不敢当。"领班难为情地说，"寒舍实在不值一提。"

话说得很漂亮。

旅馆到了。果然并非什么寒舍，虽是小小一间旅馆，却有古旧沉静的情调。后来我从女侍口中得知，旅馆曾为皇族提供过住宿服务。这晚为我安排的房间也不错，房间里有只小小的暖炉。我泡了个澡，剃净胡须，端然跪坐在暖炉前。始终保持愚蠢的彬彬有礼，这便是我在新潟应付高等学校学生一整天的余波。就连面对女侍，我也笔直地挺着背脊，拘谨板正地说话。我觉得自己可笑极了，一时却没办法放松，吃饭时膝盖也绷得很紧。喝了一瓶啤酒，毫无醉意。

"这座岛屿的名产是什么？"

"海产品的话，大部分都算名产呢。"

"是吗？"

217

聊天中断。过了一会儿,我从容不迫地问道:"你是佐渡人吗?"

"是的。"

"有想过去内陆看看吗?"

"不曾想过。"

"对吧。"什么叫"对吧",话一出口,我自己也觉得莫名其妙。我只是一个劲装腔作势。接下来,聊天再次中断。我吃下四碗米饭,食欲从未如此好过。

"米饭很好吃。"因为是白米饭。我察觉自己有些暴食,不禁掩饰般感慨地说。

"是吗?"女侍从刚才起便显得有些窘迫。

"来一杯茶吧。"

"抱歉,招待不周。"

"哪里。"

我装得像个武士,吃过晚饭,独自端坐在房里,紧接着睡意袭来。我昏昏欲睡,拨通桌上的电话,向楼下的前台打听时间。武士是没有钟表的。六点四十分。现在睡觉的话,会被旅馆的工作人员轻视。武士站起身,在棉和服外面套上绀色的碎白花纹羽织,从包里掏出钱包,确认好现金,再一脸严肃地去了走廊。他慢吞吞地下楼,杵在玄关口,吩咐刚才的领班为自己拿来木屐和雨伞:"我去镇上逛逛。"

他语气断然，说完转身走出旅馆。

刚迈出几步，便像突然变了个人，不安地东张西望，专挑里街后巷走。雨差不多停了。路很不好走，而且光线昏暗，可以听见海浪的声音。然而，并没有那么寂寞，没有走在孤岛上的感觉，果然更像在房州渔村散步时的心情。

终于找到了。屋檐下的灯笼上写着"YOSHITSUNE"①几个字。管它是义经还是弁庆，我只是想要调查了解佐渡的风土人情。我走进店里。

"我是来喝酒的。"我的声音稍稍变得温和了些，不是武士会有的腔调。

我无意诋毁这家料亭，可来到这里的人，确然都是傻瓜。佐渡的旅愁，这里是没有的，有的只是料理。我对这里堆积如山的料理感到厌烦。蟹肉、鲍鱼、牡蛎，一道接一道地摆上桌。最初我强忍着情绪沉默无语，后来实在忍不住，对女侍说："料理就不用了，在旅馆的时候我已经用过晚饭。这些蟹肉、鲍鱼、牡蛎，我在旅馆也吃过了。我不是担心付不起钱才说这种话的。不，虽然我的确担心付不起钱，但比起这个，现在上菜很浪费吧？太浪费了。我什么都不吃，给我两三瓶酒就好了。"我口齿清晰地道。

---

① 日语中，YOSHITSUNE可写成汉字"义经"。

戴着眼镜的女侍闻言笑了："可是，难得菜肴已经做好了，请尝几口吧。需要叫艺伎来吗？"

"这个嘛……"我的态度软化了。

一个身材娇小的女子走了进来。你便是艺伎？我想认真问问她。倒也无意讲这名女子的坏话，因为叫她过来的人才是蠢蛋。

"不尝尝料理吗？我刚才在旅馆已经吃过了。这些菜剩着太可惜，请你吃吧。"我尤其厌恶糟蹋食物，也从未有过将吃剩的餐食倒掉这种纯属浪费的行为。对于盘子里的料理，要么全部吃光，要么一筷子都不动。纵然自己挥金如土，至少还能让获得这些钱财的人对其善加利用。而吃剩的料理只有被扔进垃圾堆的下场，这是完完全全的浪费。我目不转睛地凝视着眼前堆积如山的料理，犹如被砍了一刀，浑身难受，对这家店铺的所有人感到气愤不已。他们真是太迟钝了。

"快吃吧。"我啰唆地坚持道，"如果你觉得在客人面前吃饭很难为情，那我还是回去好了。之后你就和大家一块儿吃吧，不然太浪费了。"

"那我便不客气了。"女子似乎对我的土气粗俗很有些怜悯，扑哧一笑，格外礼貌地回应道，却连筷子也没有碰一下。

一切都给人置身东京郊外料理店的错觉。

"我想睡了，回旅馆去了。"这个地方没有一丝一毫的风情。

回到旅馆已经八点多。我再次摆出武士的架势，让女侍铺好被褥后便很快躺下，打算明日清晨出发去相川。半夜，我忽然醒来。啊，眼下身在佐渡，我想。海浪的声音，扑通扑通钻入耳朵。躺在遥远孤岛的旅馆里入梦，这种感觉此刻清晰地笼罩着我。眼睛发亮，睡意全无。换句话说，我总算抓住了"这个寂静得要死的地方"所带来的剧烈孤独感。这样的孤独，不是美味的食物，而是无法应付的事物。然而，我不正是为此才来到佐渡的吗？我要好好品味它，多多品味它。我躺在被窝里，清醒地睁着眼睛，思绪万千。我携带着自己的丑陋成长至今，除此之外，别无其他。直至天光将障子变成淡淡的青苍色，我也始终没能入睡。

第二日清晨，我一边吃早饭，一边问女侍："昨晚我去了那家叫YOSHITSUNE的料亭，真是太没意思了。店面倒是挺宽敞，地方却不怎么好。"

"是呢。"女侍语气轻松地回答，"那家店是最近新开的。像寺田屋这种老铺，才是真的讲究规矩，而且客人的评价也好。"

"说得不错，店铺不讲规矩是不行的。如果昨晚去的是寺田屋就好了。"

不知为什么，女侍夸张地笑起来，没有发出声音，只是垂着头，笑得花枝乱颤。我不明所以，也跟着哈哈地笑了。

"我以为您特别厌恶料亭呢。"

"也说不上厌恶啦。"我不再装腔作势，觉得旅馆这位女侍的服务最是令人满意。

结账后临近出发时分，这位女侍对我说："请慢走。"

真是不错的寒暄。

我搭上驶往相川的巴士，车上的乘客几乎都是本地人，好些人患了皮肤病。在渔村，不知为何，罹患皮肤病的人似乎有很多。

今日秋高气爽，窗外的风景与新潟地区一般无二。植物是浅绿色的，山脉低低地抹出几笔。草木不算高大，盘根错节。田间小道上微凉弥漫。姑娘们披着长长的吊钟式斗篷从眼前走过。村庄与村庄假装形同陌路，互不相扰、自顾自生活，旅行者被它们彻底漠视。倘若要用一句话来形容佐渡，那便是——它正在生活着。除此之外，毫无情趣可言。

搭乘巴士摇摇晃晃将近两个小时，终于来到相川。这里果然也有房州附近渔村的感觉，街道灰白干燥，就这样经营着它的生活，假装与别的小镇素不相识。旅行者是不受欢迎的，一点也不。我将手提包夹在腋下，漫无目的地走着，甚至觉得有些可耻。为什么会来佐渡？这个疑问再度浮现在心上。我知道这里一无所有，从一开始就清楚，不是吗？即便如此，终究还是来了，甚至来到相川。如今的日本，根本没有工夫玩乐，这一点我也清楚。所谓"观赏"，到底是种怎样的心态呢？前几日读到瓦塞尔曼①写的小说《四十岁的男人》，里面写着："他打算踏上旅途，并非为实现此前早已决定之事，而是源于内心的冲动。他认为，倘若抑制住那股冲动继而放弃旅行，是对自己的不忠诚。他觉得那是在自欺欺人。那些尚未见识的山水美景、那种对失却的可能与希望的念想在同时困扰着他。无论现存的幸福多么庞大，这份难以弥补的丧失的情感将给予他永恒的不安。"也许正因为不想品尝这种尚未品尝过的悔恨，我才出发来到佐渡。佐渡什么都没有，本就一无所有。即使我再愚笨，也早已知晓这桩事实。然而一日不来，我就一日放心不下。所谓"观赏"，不正是这样一种心理吗？夸张点说，或许人生也同它一样。目睹过的空虚、看不见的焦躁不安，人生无非是将它们连续在一起。哪怕汲汲营营活到三十岁、四十岁、五十岁，依然会死，不是吗？差不多该抛弃佐渡了，我打算搭乘明日清晨离港的汽船回家。我一边胡思乱想，一边夹着手提包走在相川灰白干燥的街道上，内心一片茫然。白日的相川，街上渺无人迹。小镇假装一无所知，摆出"你来是为做什么"的神情。这并非静悄悄的感觉，而是四下空落。这里根本不适

---

① 瓦塞尔曼（1873—1934）：德国小说家，代表作有《齐伦道尔夫的犹太人》《少女雷纳塔·福克斯的故事》《牧鹅人》等。

合观赏。小镇漠视我的存在，果断经营着它的生活。我对行走其间步履迟缓的自己，感到越发难为情。

如果可以，我希望今日立刻回到东京，然而已经错过汽船的班次。明日清晨八点，"OKESA丸"号会从夷港出发。我必须耐心等待。记得有一座叫小木的小镇位于佐渡，可要到小木，还须搭乘近三个小时的巴士。我已经哪里都不想去，不应进行无谓的旅行。我决定在相川留宿一夜。听新潟的学生说，此处的滨野屋是一间上等旅馆。我想，至少要挑个漂亮干净的地方。我很快找到滨野屋。旅馆格局敞亮，果然显得空荡荡的。我被安排住在三楼的房间，拉开障子能够望见日本海，海水略微浑浊。

"我想泡个澡。"

"泡澡时间从四点半开始。"

这位女侍看上去是个现实主义者，态度相当客套冷淡。

"有什么名胜可以逛逛吗？"

"不太清楚。"女侍一边叠着我的日式裤，一边回答，"这季节天寒地冻的。"

"金矿山是在附近吧？"

"嗯，今年九月起，不许人进去参观了。午饭您准备吃什么？"

"午饭就不用了，请早些为我准备晚餐。"

换上棉和服，我出了旅馆，在街上无所事事地走着，走到海边。我对这里没有任何感慨。爬上山坡，从那里能够瞧见金矿山的一部分。矿山规模很小。我继续在山间行走，时而停下望一望日本海，很快便越爬越高。我觉得有些冷，便匆匆下山去，重新回到镇上散步，还胡乱买了些特产。我一点也高兴不起来。

或许这样已经足够，我终究是来佐渡看了看。第二日清晨，我五点便起床，坐在电灯下吃早餐。必须搭上六点的那班巴士。这顿早餐附有四五个菜品，我就着味噌汤和腌菜吃掉米饭，其他菜一筷子也没有碰。

"这可是茶碗蒸①，请尝一尝。"现实主义的女侍用母亲才有的语气对我说。

"是吗？"我揭开茶碗蒸的盖子。

户外尚且一片薄暗，天光未明，我站在旅馆门前等待巴士。裹着黑色毛毯的男女老少络绎不绝，排着队经过，没有人说话，只是孜孜不倦地，从我眼前走过去。

"是去矿山劳动的人吧？"我低声对站在一旁的女侍说。

女侍沉默地点了点头。

作者后记：文中出现的旅馆、料亭，均使用化名。

---

① 茶碗蒸：传统日本料理，加入高汤、鱼糕、冬菇等做成的蒸鸡蛋羹。